자연의 가장자리와 자연사

봄날의 시집

신해욱 지음

봄날의책

일러두기
　　한 편의 시가 다음 면으로 이어질 때 연이 나뉘면 여섯 번째 행에서,
연이 나뉘지 않으면 첫 번째 행에서 시작한다.

개천절에는 하늘이 열린대. 동생이 태어난대.

동생이 하늘에서

　　　　　　　하나

　　　　하나

　　　　　　　　　하나

　　　　　　하나

　　하나

　　　　　　　　　　　하나

　　　　　하나

　　　　　　　　하나

하나

하늘을 본다.

해마다 하늘이 열리는 날. 여든여덟 밤이 남았다.

2024년 7월 7일
신해욱

차례

1부

쓸어버리고 다시 하기

모르겠어 이 밤은 모르겠다

있어야 했을 그 밤을
이 밤이 차지하고 있다

있어서는 안 될 것들이
그러자 드러나고 있다

아제아제 바라아제

그러자 나는 서두르고 있다

그 밤에 사로잡혀
이 밤을 어지럽히고 있다

그러자 나는 빗자루를 들고 있다

바닥을 쓸고 있다
쓸어버리고 다시 하기

쓸고 있다 쓸어버리고
다시 하기

자율 미행

할머니가 할머니의 뒤를 밟고 있다

뒤를
할머니는 맨발로

밤을 돌아
돌고 돌아
어딨을까 묘연한 밤을

어딨을까
할머니는 할머니를 벗어나

헛도는 것 같아
그러자 나는 두리번거리고 있다

맨발로 몇 번째
밤의 알리바이

밟으면 흐트러지는 것
밤의 수수께끼

머리를 써라
그러자 나는 할머니의 머리를 쓰고 있다

어디서 왔어
그러자 나는 심문을 당하고 있다

뒤에서 왔지
어떻게 왔어
맨발로 왔지

맨발로 가로지르기
무작정 맨발로
반드시 무단으로
들어가지 마시오
사유지를 지나

나가지 마시오
할머니의 지평선을 넘어

그러자 나는 활보를 하고 있다
부자유를 잃고

어딨을까 쥐가 난다

어딨을까 트인 밤을

금단증상이야
기어이 맨발로

업히고 싶다
그러자 나는 허리가 휘고 있다

지팡이를 짚고 싶다
그러자 나는 부축을 받고 있다

잘못 든 것 같아
그러자 나는 뿌리치고 있다

짚이는 것이 있다

짚이는 것이 있다 나는 뿌리치고 있다

애정틈진문*

어우동을 만났다. 문 앞이었다.

하루만 줄래.

어우동은 비틀거리며. 부탁이야. 하루만 달라고 했다. 하루가 부족해서 시차에 적응할 수가 없다고 했다.

요절을 할 줄은 몰랐다고 했다.

하루만 묵으면 되는데. 문은 열리는데. 어우동은 문턱에 주저앉아. 노 베이컨시. 방은 없대. 들일 수가 없대. 정원 초과래. 나의 소매를 잡으며 고개를 들었다. 새 출발을 하고 싶다고 했다.

나는 근심에 잠겼다.

될까. 하루를 쪼개어 이틀로 나누기. 나의 하루는 무상한데.

될까. 손이 떨렸다. 초나누기의 떨림. 나눌 수 있을까.

건넬 수 있을까.

정표를 건네기 위해 나는 오래 기다리는 것 같았다. 다시 맞출 수 있을까. 백발이 되어버리는 것 같았다.

인경이 울었다.

오금이 저렸다.

가지 마 할머니. 어우동은 나의 소매를 잡았는데. 문은 열려 있었는데. 소매가 문틈에 끼어 나는 움직일 수가 없었다.

* 愛情闖進門: 대만의 32부작 드라마, 2012.

초

초나누기를 하고 있습니다

초침은 하나

초침은 오직 하나

우리는 규방에 모여
골무를 끼고
바늘잎을 들고
해묵은 겨울밤의 초나누기를 하고 있습니다

엉덩이는 따뜻하다
우리는 전기장판을 깔고 앉아
이불 속에 발을 묻고
발에 발로 양말을 벗고
발은 녹는다
시간은 많지
시간이 이렇게 많은데

우리는 왜 촉박함의 슬픔에 잠겨
우리는 왜 떨리는 손으로

굽이굽이 깊은 겨울밤의 은밀한 초나누기를 하고 있습
니다

골무는 튼튼하다
바늘잎은 푸르다
바늘잎에는
바늘귀가 없지 없으니까 너 하나
너 하나에 나 하나
바늘잎에 묻은 찰나에 중독되어
너 나 할 것 없이 바늘잎을 떼어 내며

너 하나에 초침 하나

나 하나에 초침 하나

초나누기의 끝을 헤아리고 있습니다

시계밥도 없이
실밥도 없이
연밥이나 먹고 만사를 잊은 듯이

초침은 하나

초침은 오직 하나

우리는 구중궁궐의
규방에 모여

카운트

열을 세고 있습니다. 하나에서 열까지.

열을 세라.

우리는 소생실에 누워. 끝에서 끝까지. 우리는 이불을 쓰고. 세라는 대로 열까지. 숨을 쉰다. 가만히 쉰다. 가만히 열까지. 열은 멀었는데. 아직 멀었는데.

누가 이불을 걷으려는 것 같습니다.

이불은 희다. 이불은 얇다. 우리는 피상적으로 깨어나. 하얗게 질린 것들. 저질러진 하얀 것들. 끝에서 끝까지. 뭘까. 뭐를 다 못 한 것일까. 전생을 못 마치고 미리 깨어난 느낌이야.

우리는 발각을 당할 것 같습니다.

열을 세라. 우리는 이불을 쓰고. 우리는 선험에 갇힌 듯이. 못 한 것의 못 함에 붙들리는 영벌에 처해진 듯이. 영벌에 걸맞은 잘못을 두고두고 저지를 수밖에 없는 듯이.

천천히 세라.

하나에서 열까지. 우리의 열은 뜨겁대. 생활의 열보다 빠르대. 우리는 분열을 거듭하며. 멸종 직전에 멸종이 막혀 잘못 증식하는 것들. 뒤척이는 것들. 섣부른 것들. 끝에서 끝까지. 이불은 부푼다. 이불은 꺼진다. 뜸이 들어야 하는데. 우리는 이불에 씌어. 납작하게 묻혀.

누가 처치를 하려는 것 같습니다.

우리는 하얗게 질려. 백인이 되어버릴 것만 같습니다. 벗겨질 것 같습니다. 간호를 당하게 될 것 같습니다. 간호의 손독에 옮아. 이불은 넓다. 이불은 희다. 희고 탐욕스럽다. 차례차례 곪아갈 것 같습니다.

정색을 하고 싶습니다.

슈샤인

문 앞에 구두가 놓여 있었다.

한 발이. 우리는 한 발이 늦은 걸까.

남은 걸까.

우리는 부름을 받았는데. 둘이서 하나를 쓰는 곳에. 오라는 대로 우리는. 빈소를 지나. 소각장을 지나. 위령의 밤과 비수기의 체험관을 지나.

둘이서 하나를 쓰는 곳에. 몫이 있다고 했지. 나눌 수 없는 몫을 맡아. 하나를 쓰랬는데. 하나의 구두에 가로막혀. 우리는 꼼짝없이.

구두에 발을 넣어보았다.

구두는 컸다.

이것은 미달의 체험일까. 들어가야 하는데. 둘이서 하나를 쓰는 곳에. 구들장이 끓을 거야. 우리는 알을 슬고 싶었는데. 내기를 할 수도 있었는데. 무엇을 낼까. 실랑이를 하며. 재촉을 당하며.

우리는 구두를 닦았다.

광이 났다. 삶이 비쳤다.

탐이 난다 삶은 탐스럽다 만져보고 싶다 우리는 손을 뻗었는데. 들어가고 싶었는데. 피하지 마. 피할 수가 없었는데.

피할 수 없는 삶으로부터 우리는 유리된 것 같았다.

살을 꼬집어보았다.

아야. 소리를 지르고 싶었다.

하나를 깨우고 싶었다.

아웃렛

체험관은 넓었다. 창고형이었다.

우리는 먼지를 쓸었다.

우리는 재고를 훑었다.

> 남의 장독대에 올라 남의 정화
> 수를 마셔보기 남의 신기루에

재밌겠다.

> 남의 뒤주에 숨어 남의 생쌀을
> 씹어보기 남의 쥐를 만져보기

무섭겠다.

> 남의 벽장에 들어 남의 목을
> 졸려보기 신음을 식은땀을 흘

우리는 기회를 노렸다.

임박한 상품을 뒤져. 둘이서 하나를 쓰래. 1+1의 체험에
들었다.

두근거린다. 체험의 파동이 일었다.

끈끈하다. 체험의 분비물이 흘렀다.

정신이 든다. 이것은 자매품의 정신일까.

우리는 죽이 맞았지. 흥이 난다. 짝을 바꾸어. 자웅을 겨뤄볼까. 자웅동체가 되어볼까. 한 번만 더. 남의 번개탄을 피워보기. 한 번만 더. 남의 정신을 잃어보기. 체액을 뒤섞어 번식을 해볼까. 이심전심으로 분열을 겪어볼까.

물물은 교환하는 것. 체험의 연기가 퍼졌다.

뇌물은 수수하는 것. 체험의 분진이 날렸다.

고물은 폐기하는 것. 체험의 잔재를 모아. 우리는 1×1의 체험에 들었다.

전류가 흘렀다.

선물은 떨리는 것. 체험의 경련이 일었다.

우리는 쇼크를 먹었다.

우리는 강심장으로. 전압을 높여야 했다. 전기를 빛으로.
제곱의 빛으로. 거듭제곱의 거듭나는 빛으로. 이색적이야.
굉장하다.

눈이 멀 것 같았다.

서울 문묘의 은행나무

문묘에 왔나 봐.

봐봐.

이것은 문묘의 문. 초나누기의 밤으로부터 우리는 어리 둥절 깨어나. 우리는 맹목으로. 봐봐. 빗장을 풀려는 것 같 습니다.

이것은 문묘의 틈. 바람이 든다. 이것은 문묘의 마루. 밑 은 깊다. 봐봐. 이것은 문묘의 금서.

이것은 문묘의 고독이래. 당치않아. 고목이잖아. 우리는 고문서를 다룰 줄도 모르면서. 실록을 더듬듯이. 人이 있 다. 당치않아. 人이잖아. 우리는 개척민의 마음으로. 사슴 이다. 명월이야. 이것은 문묘의 병풍. 발췌에 골몰하는 것 같습니다.

어딨다는 것일까. 너 나 할 것 없는 동일인물이. 동일인물 의 자연 현상이. 동일인물의 살아 있는 기분이. 우리는 장갑 을 끼고. 이것은 문묘의 궤짝. 삐걱이는 그림자. 그림자 속 에 숨어 사라지는 그림자.

휴지를 줄래. 울고 싶다.

이것은 문묘의 고독. 봐봐. 고독이야. 틀림이 없다. 근본
이 없대. 허깨비였대. 맞아. 이것은 허깨비의 속삭임. 삼경
을 지나. 적막을 지나. 왈가왈부의 소음을 뚫고. 풍설은 밤
에 넘친다. 밤말은 쥐가 옮긴다. 맞대. 우리는 판독에 여념
이 없는 것 같습니다.

허깨비가 있다. 허깨비가 있다. 감정의 붐빔. 소외의 쓰
라림. 우리는 허깨비의 구슬땀을 훔치며. 먼 길을 떠나려는
것일까. 먼 길을 떠나 문묘에 온 것일까. 봐봐. 이것은 문
묘의 먹. 정정할 것이 있다. 이것은 문묘의 붓. 빗금을 쳐
라.

허깨비가 있다. 허깨비가 있다. 사무치는 것이 있다. 우
리는 동일성의 환상에 잠겨. 하나는 하나. 하나에 하나. 서
로의 어깨에 길동무처럼 머리를 기대고. 봐봐. 이것은 하나
의 그림자. 동이 튼다. 유서는 깊대. 우리는 떠나는 자세로.
세책가를 지나. 낙선재를 지나.

봐봐.

문묘에 왔나 봐. 이것은 문묘의 고목. 서울 문묘의 은행
나무. 기념물 제59호.

투어

타라고 했다

누가 나를 태우라고 했다 다시

다시 태우라고 했다

그러자 나는 영구차를 타고 있다
빈자리에 앉아 있다
텅 빈 밤의 성당을 돌아
로터리를 돌아
투어를 하고 있다 다시
종묘를 돌아
부흥상회
희망인력
부활의 집을 돌아
각종 탐지
하수구 뚫음
그러자 나는 염탐을 하고 있다
추리를 하고 있다
이빨금 은수저
최고가 삽니다
무담보 추가 대출

이불솜 틉니다
그러자 무릎에는 자루가 놓여 있다
비밀이 담겨 있다
비밀은 어두운 것
터널을 지나고 있다
누가 울고 있다
모르겠다고 했다 누가 나를
안다고 했다
알겠다고 했다
멈출 수 있다고 했다
멈출 수 있다는 것
영생관리사업소를 돌아
밤이 가고 있다
저수지를 돌아
시계탑의 죽은 시계를 잘못 돌아
급커브 주의
석재 조경
구두 수선 닦음
내리라고 했다
내려놓으라고 했다
누가 나를
누가 나를
그러자 나는 자루를 쥐고 있다
밀려나고 있다
열외의 가로수
가로수로서의 상록수
상록수의 그림자는 길다

자루 속의 의심은 깊다
빛이 들고 있다
멈출 수 있다는 것
날이 밝고 있다
멈출 수 있다는 것

멈출 수 있다는 것

가다가 멈출 수 있다는 것

그런데 멈출 수는 없잖아

그런데 멈출 수는 없다는 것

2부

오감도

까마귀가 울었다. 열한 시의 방향이었다.

까악까악. 까악까악. 시계탑의 죽은 시계 위에 올라. 죽은 열한 시의 방향으로. 우리는 호연지기를 키웠다.

뷰가 죽여. 봐봐.

공기도 죽인다. 목욕탕의 죽은 굴뚝까지. 캬바레의 지붕까지. 비닐하우스의 곡선까지. 안식원까지. 살풍경이야. 우리는 막다른 자세로. 가슴을 폈다.

죽은 열한 시의 방향으로. 우리는 삐딱했다. 삐딱하고 명랑했다. 건방지고 아름다웠다.

회상에 젖은 것은 아니었는데. 까마구야. 까마구야. 아름다운 기분에 떠밀려 힘차게 추락할 것만 같았다.

상쾌한 바람이 불었다. 청명이었다.

은밀하고 어리석은 삶의 냄새가 바람에 실려 코끝을 스쳤다.

귀부인과 할머니

"형님!" 올케가 손을 흔들고 있었다. 서오릉이었다.

서오릉은 멀었는데. 올케가 있었다. 건널목 건너에서. 올케는 손을 들고

형님. 입장료는 천 원이야.

형님. 장희빈이 묻혀 있어. 사약을 받았대. 사약은 쓰대. 봉분의 잔디는 축축하다.

건널목 건너에서. 올케는 원피스를 입고. 치맛자락이 펄럭였다. 올케의 짝은 무엇일까. "올케!" 나는 손을 흔들었다.

장갑을 낀 줄 알았는데. 할머니의 손이었다. 저요. 나는 할머니의 손을 들고. 풀독이 오른 할머니의 손을 들고

가려웠다. 서오릉이었다.

서오릉은 멀다. 전국은 맑고

어디는 비. 때때로 비. 북북서로 가면 된다. 올케가 손을
흔들고 있었다.

로케이션

장희빈의 줄은 길었다.

진풍경이었다.

네 이년. 네 죄를. 네가. 기계음이 반복될 때마다 한 번씩. 침착하게 한 걸음씩. 의상을 펄럭이며. 버선발로 잔디를 디디며. 장희빈은 윤여정이 되었다. 이미숙이 되었다. 전인화가 되었다. 서오릉이었다.

대본도 없이. 족보도 없이. *네 이년.* 연속극에 혼자 남아. 계모가 되었다. 정선경이 되었다. 누더기가 되었다. 숨이 찼다. 누명을 벗어야 했는데. 옷은 단벌이었다. 갈아입을 수가 없었다.

나는 애가 탔다. 소매라도 걷어주어야 하는데. 줄은 길다. 차례는 멀다. 속곳은 얇다. 땀이 난다.

예고편의 누가 벌초를 마쳤는데. 능은 단정했는데. 장희빈에게는 능이 없다. 묘만 있다. 땀이 밴다. 처서였다. 처서의 따가운 햇빛. 처서의 서늘한 바람. 무명씨가 된 장희빈의 복잡한 냄새.

다음은 21세기였다. 김씨였다.

단벌에 단걸음에. 무수리도 없이. 매무새도 없이. 장희빈은 김혜수가 되었다. 김태희가 되었다. 할머니가 되었다. 박복하고 정정했다.

장희빈은 장희빈이 되어야 했는데. 기어이 되어야 했는데. 연속극은 연속적이었고. 끝이 없었고. 고름이 풀렸다. 고쳐 매야 하는데. 나는 끼어들 틈이 없었다. 닿지 않았다. 속수무책이었다.

속이 깊은 집

할머니! 누가 할머니를 찾고 있다.

우리는 벽에 귀를 대고. 흰 벽에 바람벽에. 숨을 죽인다. 소리는 멀어진다. 멀어지다가 다가온다. *할머니!*

아랫목의 이불 속에는 술빵이 부풀고 있다.

희다. 할머니의 흰 것이다. 숨을 쉰다. 새 생명이 나올 것 같다. 검버섯이 필 것 같다. 울음이 터질 것 같다.

우리는 병이 든 것일까. 마법에 걸린 것일까.

우리는 버릇이 없었는데. 부끄럼을 몰랐는데. 내색을 할 수 없다. 살갗에 갇혀 있다. 표리부동이야. 입을 막아야 한다. 기다려야 한다. 피골이 상접해야 한다.

꾀를 써야겠다. 우리는 참을 수가 없는 듯이. 잇몸으로 빵 조각을 오물거리고. 민물로 입을 헹구고. 맛있다. 맛있어. 입맛을 다시는 시늉을 해야 한다. 벽이 떨린다. *할머니!* 술빵이 부풀고 있다.

할머니의 집은 깊다. 속이 깊다. 벽은 얇다. 복도는 길다.
반향은 떠돈다. 할머니!

뼈는 튼튼했다. 골수에 사무치는

흰 것들. 간절한 것들. 간절히 부풀다가 꺼지는 것들.

거죽만 남은 환상에. 우리는 루즈를 발랐다.

차도가 있을 거야. 말년이었다. 유구한 기분이었다.

떡 하나를

누가 떡을 돌리고 있다

떡 하나를
누가 떡 하나를

떡을 줄게
문을 두드리고 있다
햅쌀을 썼어
다북쑥을 넣었어
문에서 문으로
쑥떡은 상하지 않아
쑥떡은 질리지 않아

맛있겠다
우리는 침이 나고 있다
우리는 의심을 품고 있었는데
집을 보고 있었는데
바닥에는 가구 자국
벽에는 빗물 자국
집은 비어 있었는데

많이 먹어
떡 하나를
고라니는 옥수수를
두더지는 땅콩을
새댁은 떡 하나를
떡을 먹어야 새댁이 되는 거야
집에 붙게 되는 거야

만에 하나
떡 하나를
우리는 유혹에 넘어가고 있다
우리는 문고리를 잡고
새댁은 신나겠다
새댁은 겁이 없지
우리는 문틈으로

쑥떡은 질리지 않아
쑥떡은 이에 붙지 않아
잇자국만 남는 거야
우리는 이가 없었는데
많이 먹어
떡 하나를

뭐니 뭐니 해도 이 빠질 때 나는 피의 맛이 제일 좋다는
사실에는 변함이 없겠지만

　문에서 문으로
　누가 문을 지나가고 있다

　떡 하나를
　누가 떡 하나를
　빠트리고 있다

유머레스크

아가씨는 하모니카를 불고 있었다.

아는 곡이었다. 내가 아는 춤곡이었다. 캬바레의 조명 아래. 아가씨는 하모니카를 불며. 할머니! 나를 알아보고 눈짓을 했다.

(할머니. 박카스에는 D와 F가 있어.)

아차. 보이가 왔었는데. 나는 박카스를 시켰는데. 박카스를 마시고 힘을 내어 낯빛을 바꾸려 했는데.

(D를 마시면 철이 든다. F를 마시면 회춘이야. 할머니.)

박카스는 하나인데. 둘도 없는 하나인데. 이중을 당하는 것입니다. 보이는 박카스를 건넨다. 목이 탄다. 마시기 전에는 하나. 마시고 나면 둘 중 하나.

아가씨는 하모니카를 불고 있었다.

금지곡이었다. 내가 아는 금지곡이었다. 미러볼의 불빛 속에. 나는 낯빛을 바꿔야 하는데. 착각일지도 모른다. D를 마시면 희색이 돈다. F를 마시면 사색이 된다.

무대는 뜨거웠다. 아가씨의 하모니카에 맞추어. 짝짝의 스텝이었다. 장군멍군의 춤이었다. 목이 탄다. D를 마시면 멍군이다. F를 마시면 장군이다. 갈채가 터질 것 같다.

마시기 전에는 하나. 마시고 나면 둘 중 하나.

나는 기다리고 있었다.

하모니카에 밴 아가씨의 침 냄새가 맡고 싶어 춤이 끝나기만을 기다리고 있었다.

앙코르

우리는 장군멍군의 춤을 추고 있습니다.

누가 본다. 보고 있는 거야. 캬바레의 조명 아래. 우리는 아가씨의 구두를 신고. 아가씨의 각선미를 뽐내며. 장군멍군의 춤을 추고 있습니다.

이것은 멍군의 발. 이것은 멍군의 발. 우리는 하나만 아는데. 둘은 모르는데. 영원한 수세에 몰린 듯이. 잃어버린 장군의 발을 찾는 듯이. 아가씨의 치마를 흔들며. 아가씨의 미소를 흘리며. 장군멍군의 춤을 추고 있습니다.

발이 꼬이는데. 무릎이 쑤시는데. 연로한 기분이다. 우리는 편을 먹을 줄도 모르면서. 퇴장을 당하지도 못하면서. 두 박자의 금지곡에 맞추어. 그만. 동작 그만. 야유와 애원을 초월하고 있습니다.

누가 본다. 보고 있는 거야. 천장은 높다. 우리는 더 높이. 높이뛰기의 높이보다 높이. 우리는 더 더 높이.

앙코르를 받고 있습니다.

아가씨의 앙코르를 받고 있습니다.

도마를 말리자

도마를 말리자. 생각이 난다.

생각이 난다. 우리는 젖은 손으로 깨어나. 아차.

도마를 말리자.

부탁이 있다. 마지막 부탁이야. 우리는 부탁을 받았지. 벽을 더듬었지. 우리는 암암리에. 우리는 살림을 하고 있었는데. 굴종의 왜소한 자세로. 도마에 마님을 눕히고. 다 같이 도마를 짊어지고. 도마를 말리자. 구멍을 찾아. 구멍으로 드는 볕을 따라. 바야흐로 벽을 통과해야 했는데.

벽에는 못이 있다. 마지막 못이야. 습기를 머금은 마룻널을 삐거덕거리며. 바닥은 냉골이다. 우리는 벽을 더듬고 있습니다. 우리는 젖은 손으로. 못을 뽑으면 집은 무너진대. 마님. 속에서부터 허물어진대. 속은 깊대. 속에는 도마가 있는데.

우리는 가벽에 속은 것 같습니다.

젖은 손에는 닿지 않는 높이. 젖은 손으로는 더듬을 수 없는 깊이. 맹검이다. 이중맹검을 당한 거야. 우리는 내막

이 궁금했는데. 허드렛일을 마다하지 않았는데. 가만있어
봐 좀. 도마에 젖은 손을 올리고. 손날을 높이 들어 서로의
손목을 내리치고. 손 대신 고무장갑을 끼어야 했을까.

우리는 면벽에 들어야 할 것 같습니다.

벽에는 못이 있다. 못은 흔들린다. 부식되는 철의 소리.
방울방울 떨어지는 녹물 소리. 우리는 못에 붙들려. 능멸
에 길든 듯이. 맹종의 쾌락에 취한 듯이. 마님. 속은 깊대.
속에는 도마가 있는데. 우리의 핏물이 배었는데. 못은 뽑아
야 하는 걸까. 지켜야 하는 걸까.

우리는 촉각을 세우고 있습니다.

도마를 말리자. 우리는 포기할 수가 없습니다.

호산나

할머니. 약손을 좀 빌려줄래.

우리는 성체를 모시다가. 탈이 난 것 같습니다.

거룩하시도다. 우리는 성호를 그었는데.

우리는 공복으로. 영원한 생명에 이르게 하소서. 허락을
받고 한 조각을 삼켰는데. 거룩하시도다. 하나만 더. 호산
나. 하나만 더. 과식을 한 거야 식용이 가능합니다 허겁지
겁 가능은 했습니다만 십이지장 피십이지장······

강생의 기분에 취해. 우리는 공중제비를 돌았던 것 같습
니다.

한 바퀴에 모자가 날아가고. 모자는 빨갛다. 절제를 할
수가 없었지. 빨간 것은 거짓말. 말씀이 꿈틀거리며 두 바
퀴에 비위를 건드리고 아찔한 모순이 폐부를 찌르고. 실토
를 하고 싶다 세 바퀴에 어린 양들이 배 속에서 우글거리
면서 십이지장 피십이지장······

산 채로 잃은 삶에 대해 십이지장 피십이지장······

우리는 배를 움켜쥐고. 우리는 할머니의 이야기 속에 쓰러져. 둔갑을 하게 될 줄은 몰랐어 할머니. 공공의 갈비뼈에 생가죽을 쓰고. 정말이야. 날뛰는 은총으로 발작을 하게 될 줄은 몰랐는데. 낭패다. 우리는 덫에 걸려 봉인을 당한 것 같습니다.

호산나. 좀 꺼내줄래. 우리는 할머니의 약손을 기다리고 있는데.

할머니의 고개를 저으며. 누가 할머니의 바늘로. 낭패야. 손끝을 따고 있습니다. 손끝에 맺힌 피로. 낭패야. 부적을 써 붙이고 있습니다. 狼狽구나. 붉은 글자의 늑대가 우글거리고 있습니다.

의류와 포유류

초나누기의 몫으로 우리는 하나의 바늘을 들고 깨어나. 쓸어봐. 가죽 같아.

우리는 일감을 더듬고 있습니다.

우리는 야음에 묻혀. 품을 팔랬지. 바늘을 쓰랬지. 쓸어봐. 결이 있어. 우리는 결을 따라. 어깨가 있다. 소매가 있다. 인조가죽 같아. 마름질의 본을 따라. 아니야. 솔기가 있어. 이미 있어. 절개선이야. 꿰매랬지. 우리는 수동으로. 우리는 터진 데를 찾아.

옆구리가 있다. 겨드랑이가 있다. 습윤하다. 만져봐. 살이 있어. 종기가 있어. 터트려야겠는데. 살균을 해야겠는데. 우리는 하나의 바늘을 들고. 힘줄이 있다. 신경줄이 있다. 꿰매랬지. 우리는 말초적으로. 염습의 절차를 따르듯이. 재생의 시험에 든 듯이. 잘 자라. 잘 자라라.

우리는 봉합을 맡으려는 것 같습니다.

자라라. 잘 자라라. 가죽이 벗겨진 어린 양에게. 어린 담비에게. 젖먹이에게. 인조가죽을 입혀주기. 여며주기. 거스르자. 우리는 결을 거슬러. 등이 있다. 엉덩이는 크다. 꼬리는 짧다. 쓸어주기. 정성껏 쓸어주기. 긁어주기. 발이 있다. 발바닥이 있다. 경혈이 있어. 깨워보자. 침을 놓아야겠어. 우리는 하나의 바늘을 들고.

골몰하고 있습니다. 바늘만 들고.

네거티브 사운드

(숨소리)

(숨소리)

(손톱 소리)

(허밍)

—

(소리를 죽인 소리)

(잔잔한 음악)

(기묘한 효과음)

(바람이 휘는 소리)

(굴러가는 도토리의 소리)

(쾌지나칭칭)

(쾌지나칭칭)

할머니들 이마가 아름다운 할머니들

할머니들 이마가 아름다운 할머니들

아름다운 이마를 맞대고
이야기보따리를 풀고 있는 할머니들

펼치면 넓어지는 것
이야기 속의 벌판은 넓었고

멈출 수가 없었지
벌판엔 없는 것이 없었고

나를 좀 끼워줄래

나를 끼워주는 할머니들

놓친 대목에 헝겊을 덧대며
할머니들 먼 훗날에
나를 숨겨주는 꼬부랑 할머니들

할머니들 쉬지 않는 할머니들

이야기를 꿰매어
자장자장 벌판을 덮어주는 할머니들

할머니들 이마가 아름다운 할머니들

3부

숨은열

내가 흘린 것이 있었다고 했다

누가 길을 닦고 있었는데

내가 흘린 것으로 누가 얼어붙었고
흘리지 마
누가 화를 내었는데

이면도로는 깊었다

대기는 불안정했다 상강이었다

흘리지 마 나는 의문에 사로잡혀야 했다

의문의 뜨거움이 삶을 녹일 때까지

잘못 녹은 삶이 시간을 더럽힐 때까지

콘크리트는 양생 중이었다

상강이었다 서리는 내리지 않았다

레닌은 겨울에 죽었다

레닌은 겨울에 죽었다. 포름알데히드에 묻혔다.

우리는 명복을 빌었다.

우리는 노래를 불렀다.

레닌의 넓은 땅에. 노는 땅에. 흩어져 있는 갈비뼈와 날개뼈를 모아. 어린이는 나라를 세웠네. 헐었네. 레닌의 굳은 땅에. 아득한 땅에. 호미로 흙을 일구며. 메마른 눈물을 흘리며

우리는 어린이대공원을 지었다.

우리는 어린이대공원을 열었다.

난분분 표를 뿌리며. 봄 봄 봄 봄을 기다리며. 풍선에 눈 코 입을 그려 하늘 높이 날렸다.

풍악이 울렸다.

사람이 몰렸다.

수박을 깨는 사람 호박을 가르는 사람

낫을 휘두르는 사람 칼춤을 추는 사람

꽹과리를 뚜드리며 열두발상모를 돌리며
산산조각이다! 산산조각에 맞춰
소스라치는 사람 짝이 없는 사람

장대는 높았다.

장대 끝에 박살난 머리를 얹고
빙글빙글 묘기를 하는 사람 허공에 채찍을 휘두르는 사
람

무릅쓰는 사람 휘청이는 사람

퍼레이드는 길었다.

외줄을 타는 사람
목발을 짚은 사람
어린이의 탈을 쓰고
어린이의 옷을 입고

다시 가는 사람 유령의 집에 가는 사람 퍼레이드는 길었
다.

　손톱이 파란 사람 입술이 파란 사람

　겨울의 해는 짧았다.

　레닌의 머리를 하고
　레닌의 머리 위로 피켓을 높이 들고

　착취의 절멸을 향해 나아갑시다!

　목이 짧은 사람 없는 사람

　고인이 된 사람 되어가는 사람 가엾은 것 중얼거리며 사
람에 섞여 사라지는 사람

　우리는 사랑을 받는 것 같았다.

　가엾은 것 머리를 쓰다듬는 사람

　우리는 머리를 들었다.

가엾은 것 희생의 새를 날리는 사람

우리는 노래를 불렀다.

레닌의 먼 하늘에. 높은 하늘에. 날개옷의 날개를 펼치며. 펄럭펄럭 자유의지를 날리며. 가엾은 것 봄을

봄 봄 봄 파란 봄을 기다리며. 목이 좋은 자리에 간과 콩팥을 널어놓고 춘몽에 취한 것 같았다.

아름다운 회전목마에 앉아 하나씩 앉아 한꺼번에 하나씩 돌림노래를 부르며 끄덕끄덕 돌림병을 앓았다……

단두대 익스프레스에 몸을 싣고 머리도 싣고 한꺼번에 하나씩 꺅꺅꺅 하나씩 즐거운 비명를 질렀다……

겨울의 해는 짧았다.

숨이 찬 사람 막힌 사람

퍼레이드는 길었다.

예속된 사람 해방된 사람

우리는 눈이 풀렸다.

우리는 눈이 감겼다.

누가 버린 표의 구멍에 우리는 눈을 대고. 하나 남은 눈을 대고

레닌은 겨울에 죽었다. 포름알데히드에 묻혔다.

우리는 미리보기를 했다.

우리는 명복을 빌었다.

종말 처리

부족해지고 싶다. 부족해지고 싶다. 밤인데. 밝은 밤. 무연고의 밤에. 돌아가야 하는데. 부족해지고 싶다. 우리는 술래를 찾으려는 것 같습니다. 우리는 예년에 갇혀. 밝기를 봐. 노골적이야. 보름에서 보름까지. 종점에서 종점까지. 종점을 지나. 우리는 돌아가야 하는데. 우리는 환형의 대열을 이루어. 사이클이 있다. 도깨비불이 있다. 술래야. 부족해지고 싶다. 술래야. 완벽한 원에도 시작과 끝이 있다. 시작과 끝을 알게 하는 앎이 있다. 알게 하고 끝이 나는 앎이 있다. 가까이 있다. 죽은 앎의 가까운 흐림. 가까운 앎의 완벽한 흐림. 모르는 것을 들킬 수 있다. 부족해질 수 있다. 술래야. 술래야. 메아리는 깊다. 들킬 수 있다. 들키고 싶다. 우리는 부족해지고 싶습니다. 부족해지고

행잉 게임

우리는 하나씩 고리를 만들어
목에 걸어보기로 했다.

저 봐. 우리는 가까스로

우리는 푹신한 풀밭에 주저앉아

끈이 있다.

가만히 있다.

가만히 우리는. 어떤 볕을 쬐고. 어떤 바람을 쐬고. 평일
이 있다. 평일이 있다. 뱀은 없지. 아무도 모를 거야. 우리
는 끈을 주워. 나들이를 나온 듯이. 나른한 사색에 잠긴 듯
이. 다 있다. 나무가 있다. 풀도 있지. 썸씽이 있다.

썸씽이 있다. 감쪽같이. 우리는 하나씩 고리를 만들어

저 봐. 저 나무야.

괜찮다. 목이 졸리는 건 아니야. 그런 건 아니다. 우리는
갱생을 다짐하고. 생김새를 더듬으며. 생김생김을 뒤섞으

며. 환한 낮으로. 이렇게 환한 낮으로. 매달림을 모의하는 듯이. 서로의 목을 내맡기려는 듯이

고리를 만들면서. 볕을 쬐었을 거야. 평일이 있다. 평일이 있다. 식목일이 있다. 우리는 눈을 뜨고. 가지가 휜다. 저 나무야. 저 봐. 한눈을 팔면 마가 낀대. 해가 진다. 차츰차츰 거리를 좁혀오는 나무. 나무로서 저 나무가 아닌 나무. 살아 있는 나무. 저 봐.

높다. 아주 높이

걸린 것이 없는 갈고리가 반짝반짝 흔들리고

모르는 슬로건이 휘날리고

우리는 모르는 풀밭에 모여 앉아. 어떤 볕을 쬐고. 어떤 바람을 쐬고. 우리가 모르는 또한 어떤 세계를 굽어살피는 듯이. 저 봐. 나무는 사람과 어울린다. 사물은 그림자와 어울린다. 우리는 하나씩

하나씩 고리를 만들면서

저 봐. 우리는 그르친 것일까. 탄로가 난 것일까.

끄덕끄덕 수긍을 하는 것일까. 희열에 찬 것일까.

저 나무야. 저 나무를 좀 봐.

컨택트

못 보던 비닐이 날렸다.

중천이었다.

신종일까. 하나가 들뜬 표정으로 중얼거렸다. 순백이야. 섞인 적이 없는 것 같아.

바닥을 뒹군 적도. 나무에 걸린 적도. 하나가 맞장구를 쳤다. 없겠어. 없는 것 같아.

신바람에 들린 거야. 하나는 찬탄을 했다. 계통도 없이. 저항도 없이. 봐봐. 펄럭이는 것 좀 봐.

지친 것 같은데…… 하나는 실눈으로 올려다보며 고개를 저었다.

봐봐. 뒹군 적도 없이. 걸려본 적도 없이. 쓸 데도 없이. 구천을 떠돌다가 헤매다가…… 괴발개발 휘날리다가 너덜 거리다가…… 방향을 잃고 상봉을 원하는 느낌이야.

소멸된 토종일지도 몰라. 하나는 신중한 표정으로 생각 에 잠겼다.

바람에게 물어볼까. 하나가 바람에 머리를 맡기며 눈을 감았다.

그래볼까.

우리는 매립지에 누워. 그래볼까. 팔베개를 하고 다 같이 눈을 감았다.

부스럭거린다 폴리스티렌
폴리에틸렌
폴리프로필렌 폴리클로로트리플루오로에틸렌

테트라클로로
클로로로

트리클로로페놀 디클로로디페닐트리클로로로로……

그랬구나.

우리는 흐뭇했다. 구김살이 없었다.

하늘은 맑았다.

황금자원*

탑이 무너졌대. 소문이 돌았다.

파다했다. 반짝이는 것. 금자탑이라나 봐.

우리는 파묻혀 있었는데.

양산되는 폐기물 속에. 폐자재 속에. 처분된 사체와 잡다한 부속품 속에. 내쉬는 숨과 함께 무너지는 것. 무너지는 형체. 반짝이는 잔해. 쉿. 침묵은 금이다.

우리는 침묵을 지키며. 깨진 프레임. 부식된 파이프. 속설은 위험하다. 고철 더미를 뒤졌다.

녹이 슨 가위. 늘어난 스프링. 우리는 헐값의 기억을 모아. 시간도 금이라던데. 시간을 벌어야 했다.

형상기억합금이라면 온갖 공상을 주조할 수 있을 텐데.

끊어진 퓨즈. 뒤엉킨 전도체. 깜박이는 센서. 생체 신호를 복구할 수도 있을 텐데.

까마득했다.

반짝이는 것. 무너진 탑으로부터. 시간은 철거되지 않아. 분해되지 않아. 재활용이 되지 않아. 소용이 없다. 미래는 섞이지 않는다. 탑은 우뚝했다. 우리는 원격으로

시간은 순금이래. 수신을 했다.

어쩔 수가 없대. 모래가 흘렀다.

반짝이는 것. 입자는 고왔다. 금모래인 것 같았다.

* 서울 성동구 뚝섬로 4길 7.

피날레

머리하기를 하고 있습니다

큰 머리 작은 머리
짱구 머리 넌덜머리

우리는 다 같이 머리를 비우고
우리는 테마파크에 모여

머리란 머리에 가스를 채우고
파마 모자를 씌우고

머리가 부푼다

명줄이 풀린다

우리는 두둥실
머리하기의 테마를 맡고 있습니다

테마파크에는 테마가 넘친다

동심이 넘친다 폭죽이 터진다

흘러가는 구름
두둥실 맑은 머리는 어디로 떠나갈까
어디서 터질까

우리는 공상에 들떠
훗날의 테마를 기약하고 있습니다

생각이 있어 기다려봐
누가 손을 휘젓고 있는데

누가 망나니의 탈을 쓰고
다 생각이 있다니까
머리란 머리를 올려다보고 있는데

명줄은 길다

생각은 멀다

우리는 작별을 고하고 있습니다

색색의 파마 모자는 홀가분한 바람에 날아가고
초연한 머리
믿을 수 없이 부푸는
흰 머리 검은 머리

머리는 흥에 겨워
흔들흔들 인사를 하고 있습니다

숨

가만. 하나가 흙을 쥔 채로 동작을 멈췄다.

맴도는 것이 있어.

들어봐. 법이 있대.

법이. 쏨바귀는 법이. 아니다. 숨막히는. 숨바꼭질에는. 법이. 숨는 법이 있냐는데. 하나는 소리를 죽이며 더듬거렸다. 숨겨달라는 것 같아.

아니야. 하나가 머리를 저었다.

찾아달라는 거야. 바비라는데. 하나는 두리번거리며. 잃어버렸나 봐. 맴돌다가 놓친 거야. 바비도 인간이래. 인간의 모습을 하고 있대.

아니야. 하나는 미간에 힘을 모았다.

들어봐. 법인이래. 하나는 흙바닥에 글자를 적었다. 법인. 법인으로 태어났대. 법인도 인간이래. 인격이 있대. 권리가 있대. 쉴 데가. 숨을 쉴 데가 필요하대. 모습을 달래.

놀이터의 흙은 부드러웠다.

우리는 흙장난을 하고 있었는데. 흙. 흙. 흙 필요한 분. 흙. 흙. 흙에 덮일 분. 심심한 노래를 부르며. 무법 지대를 일구며. 흙을 줄게. 넋을 다오. 흙집을 짓고 있었는데.

우리가 부른 거야. 하나는 고개를 떨궜다.

어깨를 달래. 어깨동무를 하고 싶대. 동무가 되고 싶대.

우리는 어깨가 무거웠다.

손도 달래. 입도 달래. 군것질을 해보고 싶대.

우리는 토우를 빚어야 했다.

우리는 흙손으로. 한 덩이. 한 덩이의 엉덩이. 엉덩이 위에 엉덩이. 무너진 어깨. 측면의 입. 법적인 뉘앙스. 앞뒤가 맞지 않는 표정의 싱거움.

살아 있는 것 같았다.

비굴착식 승강형 맨홀보수기계장치 *

맨홀이 열렸다.

우리는 바닥에 원을 그린 건데. 원 안의 동심원에 돌 던
지기를 하고 있던 건데. 기다리고 있었다는 듯이. 우리가
두드렸다는 듯이. 주문이 통했다는 듯이. 맨홀이 스르르
열렸다.

들어오라는 것 같아.

아연하다. 우리는 어울리지 않아. 맨홀은 사람의 구멍인
데. 사람만 통과시켜주는데. 시간이 없다. 재촉을 하는 것
같아. 빠져들 것 같아.

우리는 머뭇거린다. 돌을 던져본다. 교신을 시도해본다.

> 자연인은 자연에 속한다
> 법인은 법에 속한다
> 사람에게 속하지 않는 것으로
> 사람은 이루어진다

우리는 머리를 넣어본다. 귀를 기울인다. 말씀은 텅텅 울
린다.

　　　　　자연인은 자연으로 돌아간다
　　　　　　법인은 법으로 돌아간다
　　　　　사람은 삶으로 돌아간다

　우리는 숙연하다. 우리는 머리만 넣은 채로. 말씀에 섞인 광물의 소리. 파문을 일으키는 폐수의 소리. 우리는 돌을 던졌지. 편을 나누어 놀고 있었는데. 젖은 돌. 마른 돌. 어느 편이 될까. 산 돌. 죽은 돌. 어디에 속할까. 돌아가야 할 데는 어딜까.

　시간이 없다. 맨홀은 곧 닫힌대. 서두르라는데. 다시없는 기회라는데. 우리는 몰라보게 될 거야. 우리는 어울리지 않아. 맨홀은 우리의 구멍이 아니다. 우리는 머리만 넣은 채로.

　피가 쏠렸다.

　아찔했다. 피는 끓었다.

* 건설신기술 428호.

레닌은 맨홀에 묻혔다

레닌은 맨홀에 묻혔다. 사람의 오물에 섞였다.

우리는 냄새를 맡았다.

우리는 뗏목을 띄웠다.

뗏목에 레닌을 태우고. 삯을 치르자. 입에다 금화를 물리고. 몫을 나눌까. 눈에는 백동화를 올렸다. 복도 나눌까. 옆구리에 복주머니를 채우고. 액을 막자. 배꼽에 팥알을 올리고.

우리는 하수의 흐름에 쓸렸다.

우리는 뗏목에 시간을 맡겼다.

공무도하! 사공은 고함을 질렀는데. 맨홀은 사람의 구명이야. 만류의 신호를 보냈는데.

우리는 레닌의 귀를 막았다.

우리는 레닌의 이마를 짚었다.

열이 있어. 우리는 넘실거리며. 뗏목에 물이 밴다. 배고 있다. 맨홀은 차원이 다르대. 신통방통이래. 뗏목의 나뭇결을 읽으며.

오한이 든다. 삭신이 쑤신다. 우리는 레닌의 양말을 벗기고. 발바닥에 간지럼을 태우며. 맨홀은 잘못 빠지는 구멍이래. 물꼬를 트래. 보통강이 흐른대. 노동강도 흐른대.

공무도하! 사공은 목청을 높였는데. 넝마를 펄럭이며. 초혼에 여념이 없었는데.

우리는 주제를 몰랐다.

우리는 노래를 불렀다.

돛대도 아니 달고. 삿대도 없이. 어기여차. 합류를 하래. 우리는 레닌의 어깨를 흔들며. 굳은 팔다리를 주무르며. 수심은 깊대. 전례는 없대. 낙차는 크대.

공무도하! 파장은 길었는데. 레닌은 끄떡도 없었다.

우리는 곁을 지켰다.

우리는 시간을 끌었다.

공무도하! 메아리는 들리지 않게 되었으나 사라진 것은
아니었다.

화생방

도가도. 비상도. 누가 도덕경을 읽고 있어.

낭랑하다. 명가명. 비상명.

물이야. 물이 흐르고 있다. 물소리에 섞여. 들어봐. 도덕의 가루를 도랑에 풀었대.

도덕은 가용성이래. 비상하대.

걷잡을 수 없대. 가렵대.

스르르르 합수쳐 천방져 지방져. 구비구비 소쿠라져 평퍼져 넌출져. 물가엔 풀이 무성한데. 도생지. 덕휵지. 도덕초래. 스치면 두드러기가 돋는대.

가렵다. 우리는 멱을 감으려 했는데.

우리는 물소리를 좋아. 물은 차겠지. 오소소 소름이 돋겠지. 물장구를 치고. 목을 축이고. 물가의 풀을 캐어 나물죽을 쑤려 했는데.

가렵다. 번지고 있다.

가렵다. 바람이 분다.

뉘우치고 싶다. 뉘우치고 싶다. 풀씨가 날린다. 풀이 눕는다. 우리는 저자세로. 우리는 조짐에 시달리며. 오락가락 허덕이며. 표피로. 호흡기로. 소화기로.

가렵다. 융털이 곤두서는 것 같아.

어지럽다. 비듬이 날리는 것 같아.

뉘우치려 한다. 뉘우치려 한다. 예감은 엄습한다. 풀밭은 팽창한다. 도생일. 일생이. 세포가 창궐하고. 이생삼. 삼생만물. 만물이 흥분하고 있어. 약동하고 있어. 부르르 전율하고 있어.

허물을 벗는 것 같아.

진물이 넘칠 것 같아.

들어봐. 상덕약곡. 상류의 도덕초를 뜯어. 가렵다. 건덕약투. 약으로 쓰래. 말린 도덕초를 진물에 개어. 가렵다. 환약으로 빚어야 한대.

도덕은 도덕으로 다스리는 거래.

토닥토닥. 토닥토닥. 다독여야 한대.

레닌은 음력에 죽었다

레닌은 음력에 죽었다. 만국의 겨울에 묻혔다.

우리는 가루를 뿌렸다.

우리는 향불을 피웠다.

우리는 떨리는 입술로. 검고 심각한 구두로. 발을 굴렀다. 강령을 읊었다. 터를 닦아라. 진창을 다져라. 굽은 높았다. 임종은 깊었다. 음력의 속도에 맞추어. 충동이 둥둥 울리고. 만국의 눈발이 날리고. 이것은 정월대보름에 지신을 밟는 느낌. 짓밟힌 지신이 처참해지는 느낌. 갈가리 찢어지는 사지의 느낌.

우리는 목을 놓았지. 만국의 미물이여. 생명체여. 곡을 했다. 봉화를 밝혔다. 레닌은 죽었네. 음력은 멀었는데. 음력에 레닌은 죽었지. 우리는 지신에 들린 듯이. 지글지글 부정을 태우는 듯이. 굽은 어깨를 들썩이며. 묵은 패설을 퍼트리며. 번져라. 쥐불이여. 무차별이여. 꺼져라. 바닥이여. 나락이여.

우리는 단결을 했다.

우리는 소환을 했다.

우리는 노는 팔을 빌려. 찢어진 섬섬옥수와 쉬는 팔도 빌려. 언젠가 예초기를 들고. 요란한 육절기도 들고. 나무를 하자. 도륙을 하자. 벌목정정에 맞추어. 지신의 큰 발을 구르며. 나무 삼 년이래. 물 삼 년이래. 불도 삼 년이래. 석삼의 삼이래. 그래야 음력이래……

우리는 연기를 마셨다.

우리는 효험을 빌었다.

언젠가 다른 설을 쇠며. 다른 숨을 뱉으며. 익지 않은 손에. 우리는 곡괭이를 들고. 땅을 찍었다. 우물을 팠다. 고여라. 음력이여. 영령이여. 펌프는 컸다. 파이프는 굵었다. 울려라. 나팔이여. 북이여. 솟구쳐라. 사력이여. 믿음이여. 넘쳐라. 전설이여. 부활이여……

우리는 물을 길었다.

우리는 불을 지폈다.

밝아오는 느낌이었다. 지척이었다.

4부

장승의 수수께끼

"맞춰봐라," 장승이 입구를 가로막고 문제를 내었다.

"옛날 옛날에. 아홉이라고 하자. 아홉이 길을 떠났어. 지팡이에 탐지기를 달고. 밟으면 터지는 것. 매설된 소실점을 찾아나섰지. 사라진 열쇠. 사라진 마을. 사라진 이름. 소실점으로 소실계를 열어야 했어. 사라진 나무. 사라진 구름. 사람의 아들. 아홉은 알고 싶었지. 사람의 딸. 사람의 동생. 사라진 그림자. 사라짐으로서의 나타남이라는 세계." 볕은 뜨거웠다. 장승의 그림자가 태양의 고도를 따라 천천히 움직이고 있었다. "아홉은 야산을 뒤졌지. 돌밭을 훑었다. 민통선을 넘어 메마른 강바닥을 더듬고. 갈대와 덤불도 헤쳤는데. 헤치고 헤쳐도 지팡이에는 신호가 오지 않았는데." 조각구름이 해를 가렸다. 장승은 묵상에 잠겼다가, 흐린 눈으로 시선을 거두었다가, "잠깐!," 구름이 흩어지자 우르릉 목청을 높였다. "하나가 걸음을 멈췄어. 밟았다. 밟은 것 같아. 왼발이었지. 아홉은 왼발을 둘러싸고 모였어. 찾았다. 되었다. 있다. 왼발 밑에. 묻혀 있다. 그런데!," 장승은 눈을 부라렸다. "어쩐다? 방법이 떠오르지 않았어. 평. 소실점을 터트려야 소실계가 열리는 걸까. 아홉 개의 소실점을 모아 아브라카다브라 주문을 외워야 하는 걸까."

"자, 하나는 어떻게 되었을까." 장승의 이목구비가 이글
거렸다.

"맞추면 들여보내주마." 푹 썩은 얼굴이 커다란 웃음을
짓고 있었다.

끼어드는 글자 而

而를 보았다. 끼어드는 글자 而

자투리 목재와
찌그러진 집기 사이

썩는 비닐과
수북한 낙엽 사이

而

공터였다.

而

"임자가 있을까." 하나가 발소리를 죽였다. 발에 밟히는
것. 흙은 곱다. 흙은 검다.

"사물은 우리 편이라던데." 하나가 두리번거렸다. 릴케
가 그랬는데. 而. 공터는 크다. 而. 경계가 없다.

"무의미도 크대." 하나가 속삭였다. 뒤라스가 그랬지. 而.
냉담하대. 而. 반짝인대.

而

임박했어.

而

지금이다. 하나는 돋보기를 들고. 보기를 보자. 보기는 넷. 반짝이는 而. 전진하는 而. 끼어드는 而. 중첩되는 而. 넷으로 치자. 而. 사물의 광기. 而. 상실의 경이. 而. 들어가지 마시오. 而. 보기는 넷. 而. 정오였다.

낙엽이 굴렀다.

구른다는 것. 굴러간다는 것. 끼어든다는 것.

하나가 자루를 들었다.

눈이 부셨다. 상상의 밖이었다.

와장창 깨지 마시오

이럴 수도 있다 소실계에서

눈을 뜨려 했는데
나는 이미 뜨고 있었고

가까이
보이는 것보다 가까이

촉수 금지

발등을 덮는 사실의 그림자

물러나라

나는 물러나지 않았다

나는 나를 아랑곳하지 않았다

낮은 길었다 하지였다

따귀를 맞고 싶었다

즉자의 돌

즉자야.

즉흥의 즉. 즉자야. 우리는 즉자를 불렀다.

즉자야. 이리 온.

우리는 손짓을 했다.

기특하지. 쑥대밭이었는데. 우리는 쑥을 뜯고 있었는데. 쑥떡을 빚을까. 쑥국을 끓일까. 쑥을 뜯다 쑥 냄새에 취해 잠이 들었는데.

우리는 모래밭에 주저앉아. 즉자야. 이리 온. 모래는 곱다. 모래는 따뜻하다. 흘러내린다. 기억이 난다. 기억은 동색이다. 즉자야.

우리는 손바닥을 폈다.

펼치면 사라지는 것. 만지면 부서지는 것. 손바닥은 크다. 따뜻한 채로 남아 있다. 쑥물이 들어 있다. 기억을 덮을 수 있다. 기억은 쑥색이다. 즉자야.

우리는 쑥을 뜯고 있었는데. 쑥대밭이었는데.

이리 온. 즉자야. 기억은 잘못된 돌이야.

불가촉이래. 기억은.

구르지 않는대. 부서질 것이 없대.

자연의 가장자리와 자연사

눈밭은 깊었다.

이상하다. 재가 날렸는데. 매캐했는데. 우리는 초토를 헤매고 있었는데. 눈밭이 깊었다.

다 왔나 봐.

잿더미 속에 흩어진 다랑쉬돌을 따라. 저쪽인가. 우리는 다랑쉬돌을 흘리며. 흘린 돌을 주우며. 바람이 불었지. 우리는 비틀거렸는데. 눈이 매웠는데. 눈을 비비자 계절에 휩쓸려. 다 온 거야.

불시착을 한 것 같은데. 우리는 지리에 밝았다.

다 왔어. 우리는 그을음을 덮어쓴 채로. 폭신하다. 눈밭에 묻혀. 소리 소문 없이. 빠짐없이. 다행이야. 다랑쉬돌을 품고. 다 온 거야. 다랑쉬굴에 들었다.

우리는 우리의 불을 피웠다.

비로소 일렁이는 것. 비로소 따뜻한 것. 그림자는 커다란 것.

우리는 우리의 불을 쬐었다.

긴장은 풀리는 것. 발은 녹는 것. 우리는 기운을 내어. 다랑쉬! 아끈다랑쉬! 다랑쉬말을 익혔다.

우리는 동면에 들기로 했다.

우리의 숨구멍을 열고. 동그랗구나. 우리의 돌을 토닥이며. 다랑쉬, 다랑쉬, 자장가를 불렀다.

밤은 길었다.

눈밭은 깊었다.

목욕탕의 굴뚝이 있는 풍경

목욕탕의 굴뚝은 높았다.

여긴 것 같아. 하나가 굴뚝을 올려다보았다. 눈이 내리고 있었다.

언젠가 말씀이 있었어.

언젠가 우리는 들었는데. 전해야 했는데. 하나는 떠올렸다. 차마 입에 담을 수가 없어서. 독을 깼어.

우리가?

응. 우리가. 콸콸콸. 쏟아졌어. 콸콸콸. 뜨끈했지. 콸콸콸. 어느새 탕에 들어. 마스크를 벗었어. 몸을 녹였어. 요구르트를 마셨고. 때를 불렸지. 때를 밀었어.

시원했어?

응. 시원했어. 우리는 비로소. 다 같이 둘러앉아 시계 방향으로 등을 돌리고. 매끈한 등에서 등으로. 손가락을 따라 손가락으로. 하나는 회상에 잠겼다. 등에 말씀을 옮겼던 것 같아. 필사적으로. 상습적으로. 등에서 등으로. 돌고 돌아 요원해질 때까지. 노곤해질 때까지. 식상해질 때까지.
웃음이 터질 때까지. 손쓸 수 없는 훼손에 이를 때까지.

현장은 어지러웠다.

깨진 타일. 나뒹구는 의자. 의자의 구멍. 구멍과 열쇠. 녹
슨 로커. 구멍과 비누. 눈이 내리고 있었다.

굴뚝은 철거가 어렵대. 우리는 굴뚝을 올려다보았다.

등이 가려웠다.

지워버리자.

응. 지워버리자.

우리의 입김이 모락모락 눈발에 섞였다.

5부

자연의 가장자리와 자연사

파종은 끝났다.

남의 텃밭에. 남의 고랑에. 누가 호미를 들고. 남의 보리를. 남의 콩팥을. 남의 혈구를.

타박타박 타박네야. 왜 왔니. 남의 땅에. 구슬픈 노래를 흥얼거리며. 꽈리와 창자를. 난자와 각막을. 쓸개와 말린 간을.

무엇이 자랄까. 우리는 기다리고 있다.

우리는 남의 볏짚 속에 숨어. 왜 왔니 왜 왔니 남의 틈바구니로. 아지랑이가 핀다. 흙이 들뜬다. 술렁이고 있어. 움이 트려나 봐.

간에는 생간과 말린 간이 있는데. 말린 간에는 신성한 숨결이 들어 있대. 이히요틀이라 불린대. 바다 건너의 외래종이래.*

창자에는 큰창자와 작은창자가 있는데. 큰창자에는 생명이 우글거린대. 기분이 구불거린대.**

왜 왔니 왜 왔니 만감이 교차한대……

왜 왔니 왜 왔니 기억력이 왕성하대⋯⋯

우리는 향수에 젖었다.

우리는 터주가 되어. 남의 터에. 심장이 뛴다. 삶은 이식
된다. 넋은 전파된다. 뿌리를 내릴 것만 같았다.

뛰는구나. 우리는 익숙했다.

나른했다. 남의 그늘 아래. 남의 양분 속에. 남의 자유를
만끽하기. 남의 망각에 심취하기. 그래놓고 소스라치기. 그
래놓고 무표정으로.

우리는 격렬한 무표정으로. 떡잎은 몇 장일까. 삼매경에
들었다.

기원으로부터 우리는 멀었다.

기원 전이었다. 기다릴 수 있었다.

* 이히요틀(ihiyotl): 아즈테카 신화.
** 장-뇌 축(The gut-brain axis) 이론.

수상 극장과 미지의 정경

"우리의 이야기가 글쎄 물에 뜬대."

"물에?"

"응. 물에."

……

고막이 떨렸다.

아직 시작이 되지는 않았다.

하나의 귀에서
또 하나의 귀로 밝은 귀로 밝고 큰 귓바퀴로

또 어두운 귀로

"물고기밥이 되는 건가."
하나가 중얼거렸다.

"물에 다 녹은 것도 있는데."
하나가 눈을 감았다.

아직이었다.

물에. 물에 뜨는 것들. 잘 뜨는 것들. 흐트러지는 것들.

"……"
하나는 과묵했다.

"물에……"
하나가 잠꼬대를 했다.

재의 수요일

피를 보았어. 하나가 고백을 했다.

낭자했어.

낭자하고 또 신선했는데. 뜨겁고 끈끈했는데. 응고만 시키면 피붙이가 될 것 같았는데.

하나는 무릎을 꿇었다. 죽은 피였어.

죽은 피였어. 하나는 손바닥에 얼굴을 묻었다.

헤마토크릿 크레아티닌 글로불린 빌리루빈 하나는 기도를 했다.

어떻게 죽었어. 하나가 물었다.

말이 아니었어. 하나가 흐느꼈다.

둔기로 얻어맞았을 리 없음

나무를 했다.

우리는 나무를 했지. 끄떡없는 나무. 우뚝한 나무. 우리가 나무를 했는데.

나무는 매미의 것. 매미가 운다.

높다. 떨리는 높이야. 우리는 나무 아래에 쓰러져. 우리는 거품을 물고. 잎사귀에 잎사귀가 펄럭인다. 저 봐. 시간이 겹친다. 가지가지야. 벌레가 갉아 먹은 잎사귀의 구멍으로 가지가지의 미래가 쏟아져서. 가지가지의 미래에 눌려서. 무겁다. 우리는 버둥거리고 있습니다.

잎사귀가 펄럭인다. 잎사귀는 벌레의 것.

매미가 운다. 골다공. 골다공.

우리는 까무러친 것 같습니다. 골다공. 골다공. 우리는 풀독이 올라. 넋을 잃고. 숲을 잃고. 뼈에는 구멍이 많대. 백골이 되어가는 것 같습니다.

구멍이 많대. 가지가지래. 가지가지의 구멍으로 미래가 쏟아지는데. 골다공. 다공다공. 서로의 뼈를 주워 우리는 피리를 불어야 할 것 같은데. 산란하는 빛 속에. 우리는 달 그락거리며. 울창한 미래의 노래를. 미래의 늦은 화음을. 초목의 입체 음향을.

그래서 나무를 했지. 우리는 또 나무를 했는데.

나무에서 영원까지. 자라는 나무. 쓰러지는 나무. 의인화 될 수 없는 나무. 가지에서 잎이 돋고. 구멍에서 구멍이 돋고. 옹이에서 옹이가. 소리에서 소리가.

골다공. 골다공.

숲은 텅텅 깊었는데. 포자가 날렸는데. 매미가 있었는데. 시간은 없었는데.

우리는 부동의 자세로. 맹렬해지는 것 같습니다.

망향

접골원을 찾고 있다

우리는 남아야 한다고 했다

남김없이 남아
뼈를 맞춰야 한다고 했다

하나는 어깨뼈
하나는 빗장뼈

골절은 아니다
맞출 수 있다
뼈만 남은 세계에 우리는 산산이 흩어져

하나는 날개뼈
하나는 꼬리뼈

헤쳐 모이랬지 모이자고 했지 뼈는 앙상한 것
마디마디 외로운 것

연골도 있다
늑골도 있다

바람이 분다
우리는 달그락거리고 있다

광대의 광대뼈
복숭아뼈 살구뼈
골절은 아니야
우리는 되뇌고 있다

소멸하고 싶다
우리의 염원은 깊었는데

뼈는 흰 것 상하지 않는 것
다시 하랬지
결속을 다지랬지
소멸을 위해
새 출발을 해야 한다고 했지

궁휼의 뼈 볼기뼈
속죄의 뼈 오돌뼈
다시 해야겠다
우리는 연연하고 있다

어딨을까 접골원이랬는데
뼈는 수척한 것
뼈는 구르는 것
우리는 전전한다 전전을 하고 있다

나무랄 데 없는
뼈다귀의 마지막 뼈 모자란 뼈
만회를 해보고 있다
우리는 연명하고 있다

더미 헤드

들린다. 누가 염불을 하고 있다. 나무아미타불.

서라운드야. 부스럭거리며. 비나이다.

우리는 해탈을 하고 있었는데. 살은 탄다. 뼈는 마른다. 우리는 양지바른 언덕에 누워. 땡볕은 영원하다. 넋을 놓고 있었는데. 비나이다. 누가 비를 부르며. 아미타불. 빗물은 달다. 우리의 골을 비우고. 폐경험을 닦아 내고. 남은 번뇌를 긁어 내고. 부스럭거린다. 신문지를 구겨 속을 채우는 것 같습니다.

들린다. 소음의 부스러기. 왁자한 메아리. 폐지는 넘친다. 구겨진다. 들린다. 비나이다. 빗물은 달대. 우리는 솔깃하다. 빗물에 불려 종이죽을 쑤려는 걸까. 탈을 빚어줄게. 아미타불. 씌어줄게. 안면을 트자는 걸까.

아니야. 빗물은 달지 않아. 우리는 아니라는 표정으로. 빗물은 짜다. 왈가왈부를 하다가 다 돌아가버린 목으로. 땡볕은 영원하다. 빗물은 쓰다. 부인을 하고 싶었는데. 무색했지. 면목이 없었지. 파안대소에 갇혀. 염화미소에 홀려. 우리는 뒹굴뒹굴 환희에 찌들고 있었는데.

우리는 향정신성 비에 젖을 것만 같습니다.

해탈은 아직인데. 여봐란듯이. 나무아미타불. 우리는 작
동이 될 것 같습니다.

환등 환상

슬라이드가 넘어간다

흰 벽에
흰 장면

쏟아지는 장면 까마득한
흰 장면

언젠가 우리는 말을 탔는데
주마등 속의 검은 말을 타고 먼 길을 떠났는데

눈이 쏟아졌지
눈밭을 헤치며 소실점을 찾아 헤맸는데

흰 벽을 겁내지 마

진경산수의 골짜기에 우리가 숨어 있고
숨은 우리를 영영
찾아낼 수 없는 장면

소실된 소실점의 장면

벽은 놓아주자
흰 벽에

한꺼번에 쏟아지는 흰 장면

자연의 가장자리와 자연사

눈이 왔다 첫눈이었다

우리는 유성생식을 했다

무허가의 시설로부터 다시
우리는 맨발로 다시 태어나

맨발은 추위의 것
시간은 미래의 것

유성생식을 했다

뒤척이고 싶다 뒤척이고 싶다
영생의 기분이 든다

눈밭에 언젠가 작물을 키웠는데
인동초였을까
불로초였을까 소곤소곤
음담을 나누며
부젓가락으로 화로를 뒤적이며
까만 것 탄 것
부산물을 모았다

손바닥을 보았다 손바닥은 검댕의 것
손금은 생명의 것

창밖을 보았다 소멸은 눈송이의 것
부재는 빈집의 것

부르르 연통이 떨렸다

첫눈은 이미 왔대
다시 올 수 없대

우리는 하품을 했다 손등을 코에 대었다

죽은 동물의 냄새가 났다

크로마키 스크린

아홉이라고 했다

우리는 아홉 개의 잘못을 찾아
벌판을 헤매고 있다

우리는 벌을 받았다고 했다

저지를 수 없는 아홉 개의 잘못을 맞추어
벌을 상쇄해야 한다고 했다

누벼야 한다고 했다

아홉이랬지 바탕화면에 아홉 번 반복되는
녹색의 벌판 같은 것

굴러가라 굴러가라
벌판을 잘못 굴러가는 녹색의 공병 같은 것

녹색은 무겁다
우리는 깨지지 못한 공병을 쫓아

믿을 수가 없다
녹색의 물에 잠긴 저지대와 같은 것

우리는 추를 드리워
불신의 깊이를 재어야 하는데

비가 오는 거 같아 물체들
녹색의 비에 젖는 미확인 물체들

우리는 어긋나고 있다
착란의 녹색은 광선의 것

우리는 사로잡히고 있다
질투의 녹색은 오셀로의 것

사다리를 타야 하는데
사다리는 야곱의 것

돌이킬 수는 없다 우리는 벌판에 갇혀

격리된 것 같아 우리는 패스를 당하고 있다

대숲을 지나야 하는데
대나무는 민영환의 것

언덕을 올라야 하는데
언덕은 골고다의 것

우리는 멀어지고 있다 아홉이랬지

아홉 개의 해골에 고인
마른 빗물 같은 것 마땅히 미끄러울
녹색의 이끼 같은 것

아홉 개의 잘못을 맞추고
우리는 청산을 해야 하는데
벌판을 벗어나야 하는데

오차는 크다
우리는 방치되어 있다

찬스를 쓰자
우리는 지뢰를 밟고 있다

가랑비의 가
가가린의 가
가장자리의 가 단축 버튼이 눌리기를 기다리며

아홉이랬지 잘못 터진 목숨의
아홉 조각 같은 것

우리는 얼이 빠져 있다

우리는 아홉 개의 잘못으로 흩어져
단서를 구하고 있다

아홉 번 망친 벌판을
녹색의 피로 복구하고 있다

소생하고 있다

자연의 가장자리와 자연사

비가 왔다 곡우였다

거름은 나무의 것
모이는 새의 것

우리는 먹이를 먹었다

자연의 가장자리에 들어
먹이는 우리의 것
우리의 먹이를 먹었다

촉촉하구나 촉촉하다
촉촉한 등은 개구리의 것
촉촉한 흙은 지렁이의 것
미끄러지며 목을 넘어가는
먹이는 우리의 것
누가 먹던 우리의 것

우리는 기분이 들떴다
우리는 잇몸도 들떴지
혀는 요망하고
보드랍구나 혀에 닿는
혀 밑의 부끄러운 것

곡우였다 흡족했다

거름은 나무의 것
삶은 자연의 것

못물은 모의 것
촉촉한 혀는 우리의 것

우리는 입술을 훔쳤다

우리는 입을 벌렸다

넘치는 못물에 대견한 마음을 비추며
혓바늘이 돋은 혓바닥을 자랑하고 싶어 참을 수가 없었
다

여름의 열반

$9/\!/1 = 1^n = Nirvana$ [1]

> "자, 하나는 어떻게 되었을까." 장승의 이목구비가
> 이글거렸다.
>
> "맞추면 들여보내주마." 푹 썩은 얼굴이 커다란
> 웃음을 짓고 있었다.
>
> ―「장승의 수수께끼」 부분

0. 메타가 만든 구멍을

우선, 간단한 명제 몇 가지를 떠올려보자. 시는 예술이다. 예술
은 우리 삶에서 출발한다. 그러나 예술은 그러한 세속으로부터
날아올라 현실의 삶을 초과하는 층위로 나아간다. 여기서 잠시,
누구나 자연스럽게 수긍할 법한 이 문장들의 사이에 잠시 머물
러보자. 무음으로 처리된 물음표들이 득실거린다. 시는 어떻게
지상으로부터 벗어날 수 있는가? 그러한 탈출의 욕망은 어디에
서 연유하는가? 현실을 초과한 이후 시가 마주하게 되는 국면은
어떠한 모습인가? 신해욱의 다섯 번째 시집 『자연의 가장자리와
자연사』는 사반세기 동안 축적해온 그의 시세계를 조망하는 메
타시들의 (그러나 메타시의 모습을 하지 않은) 모음으로, 위의
물음들에 대한 답을 제출하며 스스로를 초월하고 시 아닌 것으
로 나아간다. 그렇다면, 시가 시 아닌 것이 되는 모습은 도대체
어떤 형상으로 가능하단 말인가?

첫 번째 시집 『간결한 배치』(민음사, 2005)에서 시작하여 『생

---

1. 9와 1의 어긋남은 n번의 거듭제곱을 통한 열반으로.

물성』(문학과지성사, 2009)과 『syzygy』(문학과지성사, 2014) 그리고 『무족영원』(문학과지성사, 2019)까지, 시인은 네 권의 시집을 경유하며 신해욱만의 독창적인 아방가르드를 보여주었다.[2] 그의 시 안에서 단어와 단어는 서로 이어지는 듯하면서도 이내 충돌하며 서로를 파괴하고 독자는 행과 연을 읽어 내려갈수록 안정된 의미의 세계로부터 멀어진다. 신해욱의 시는 추상의 순수성만을 지향하거나 형식적인 실험만을 도모하는 데에서 그치지 않고 무신론자의 신앙을 피력한다. 예술과 문학, 그리고 세계에 대한 물음을 던지는 것만으로도 시는 이미 충분히 할 일을 다한 것이겠으나, 그의 아방가르드는 한 손에 자신이 던진 물음을 쥐고 다른 한 손으로는 자신의 답안을 함께 내보이며 제 몸을 갱신한다. 신해욱의 시는 이전의 세계를 파기하는 데에서 멈추지 않고 그 파괴가 가져올 새로운 국면을 세속의 언어로 예언한다. 그의 시는 제 몸을 찢었던 바로 그 손으로 뜯겨나간 자리를 다시 꿰맨다. 창조는 파괴이며 파괴는 창조에 다름 아니다.

다섯 번째 시집 『자연의 가장자리와 자연사』는 찢기고 뜯어졌던 부분으로 돌아와 자신의 언어를 봉합하는 언어를 담는다. 만약, 신해욱의 시가 우리에게 익숙한 주체의 활동, 즉 세계를 발견하고 그것을 자신의 시선으로 물화하는 자아의 감성 구조로 이루어졌다면 우리는 제 몸을 공격하고 파괴하는 이 기이한 행위를 과격한 자해라고 쉽게 판정할 수도 있겠으나, 문제는 그의 시가 전혀 그렇지 않다는 점이다. 그의 시는 대상을 어떻게 재현할 것인가에 골몰하기보다 재현과 대상 자체를 떠나는 쪽을 택한다. 재현 불가능한 것을 재현하고자 하던 아방가르드의 벡터를 재현 불가능한 것을 재현하지 않는 차원으로 도약시킨다. 자기지시적(self-referential) 언어의 힘을 통해 자신과 세계 모두를 갱신하고자 하던 이십세기의 아방가르드는 제 언어마저 물어뜯어

---

2. 이 글에서 다루는 신해욱의 이전 시집들에 관한 논의는 모두 다음 글에서 비롯한다. 전승민, 「천사는 낮은 곳에서 높은 곳으로 떨어진다─신해욱론」, 《쓺》 15호(2022년 하권), 문학실험실.

자신의 근원을 자기 자신으로부터 연유하지 않게 하는 신해욱의 초역사적 아방가르드로 인해 새로운 세기의 시간으로 접속한다. 이전에 발표한 네 권의 시집을 통해 충돌하는 언어가 야기하는 모순의 고통을 견인해온 시인은 이제 그러한 고통의 극단에서 해탈로 나아간다.

신해욱 시의 찢어진 몸은 상처가 아니라 구멍이다. 앞뒤로 넘나들 수 있는 구멍이다. 미리 일러두자면, 이 시집에서 우리가 목격하게 되는 것은 시가 제 몸에 냈던 구멍 사이로 바늘을 이리저리 통과시키며 박음질하는 모습이다. 시는 찢었던 자리를 **다시 꿰매고** 있다. 그러나, 어떻게? 그리고, 왜?

1. 천사였던 지상의 할머니가

과거 그의 시에서 목격되었던 움직임은 은신과 전치, 역전을 통한 충돌이었다. 가령, 파토스는 언어의 가장 깊은 곳에 매장됨으로써 표면의 세계에서는 발견이 불가능한 배면으로 숨어들고, 재현 대상이 발휘하는 구심력으로부터 달아나는 주체는 차라리 대상의 자리로 역행하여 떠나온 자취를 말없이 응시한다. 이렇듯 신해욱의 시가 견인하는 생물성은 무기적이다. 재현할 수 없는 것을 그려 내는 행위는 곧 현실의 대상이 아닌 것을 그려 내는 작법이기에 지상의 목소리로 행해지지 않는다. 시의 이야기는 우리의 가청권 바깥에서 묵음으로 발화되고(「뮤트」, 『syzygy』) 인간의 가청 주파수가 아닌 외계의 소리로 발송되는 언어를 다루는 그의 시적 존재는 **천사**였다.[3] 무기적인 생물성 속에서 태어난 천사는 지상에서 태어나 시의 중력을 붙들고 천상으로 낙하하는 신과 인간의 중간태다. 두 날개는 세계를 자아화하는 일인칭의 어깨가 아닌 그것의 외부에 자리하는 타자들의 고통으로부터 돋

3. 전승민, 같은 글, 417~425쪽.

아났다. '나'로부터 시작한 문장들을 기록하되 그것이 최후에는 '나'로부터 연유한 것이 아니도록 만드는 작업, 그것이 바로 신해욱의 천사가 붙든 구원을 향해 상승하는 하강의 힘, 불가능한 중력의 작용이었다.

이처럼 신해욱의 세계는 온통 자기 자신을 배반하는 모순율로 이루어진다. 시의 목소리는 여전히 혀의 뒷면에 고인 묵음의 형태로 발화된다("메아리는 들리지 않게 되었으나 사라진 것은 아니었다.", 「레닌은 맨홀에 묻혔다」). 가령, 「네거티브 사운드」에서 백면이 아닌 흑면 위에 기록된 백색의 활자들은 현실에서 비가시화된 채 세계의 배면으로 밀려난 소리다. 괄호가 숨기는 생물의 숨소리와 손톱 소리, 흥얼거림과 각종 자연물들이 내는 소리는 "소리를 죽인 소리", 지상의 최하층에 매장되어 인간의 언어로는 붙들 수 없는 소리다. 신해욱의 이번 시집은 여태까지 자신이 형성해온 이러한 모순계의 생성 원리를 한층 구체적으로 밝히고 있다는 점에서 메타적이다. 예컨대 이제 우리는 천사의 묵음이 제 안에 숨어 있던 기의를 파괴하는 기표의 자살로 이루어진다는 한 가지 사실을 발견한다("人이 있다. 당치 않아. 人이 잖아.", 「서울 문묘의 은행나무」). 사람을 뜻하는 한자 인(人)의 기의는 그것이 입은 기표의 형상과 유사한 한글 자음 'ㅅ'과 충돌하며 파괴된다. 그는 허상이라 쓰면서 그 말에 다시 한번 빗금을 친다("허깨비가 있다. 허깨비가 있다. 사무치는 것이 있다. 우리는 동일성의 환상에 잠겨.", 같은 시). 기표와 기의가 합일을 이루는 동일성의 세계는 한갓 환상에 불과하며 그것이 허상이라고 판결하는 목소리조차 또 하나의 허상인 것이다.

그러나 이토록 엄격하고 치밀한 파괴는 실상 그것을 다시 살려내는 작업과도 같은데 시의 언어가 행하는 것은 어디까지나 철저한 파괴(destruction)이지 세계를 훼손하거나 붕괴시키려는 파멸(apocalypse)이 아니기 때문이다. 신해욱의 모순율은 세계 자체를 무너트려 없음(無)에 이르고자 하지 않고 일방적으로 하강하는 지상의 중력을 비틀어 상승하게 한 뒤, 중력의 춤(舞)[4]에 몸을 맡기고자 한다. "뉘우치고 싶다. 뉘우치고 싶다."(「화생방」)
고 외는 주술은 초월적인 절대자에게 복속되고자 하는 참회가
아니라 바로 그 절대자가 여지껏 축조해온 세계의 구성 원리를
전복하고자 하는 구원에의 욕망, **탈-창조**에 이르기 위한 주문이
다.[5] 주체와 대상의 재현 역학으로부터 탈출하려는 시의 행위는
시적 주체가 시세계의 창조자로서의 지위를 내던지고 (하강) 대
상으로부터 피조물로서의 지위를 박탈시킬 때 (상승) 성공한다.[6]
신해욱의 무신론적 신앙은 시가 시적 주체라는 용어를 파기하는
데에 성공하면서 성립한다. 신해욱의 (그러므로 시적 주체로 호
명할 수 없는) 존재자는 "스스로를 탈-창조함으로써 세계의 창
조에 참여"[7]한다. 일인칭 화자로서의 '나'를 배격하며 신과 인간
이 그 어떠한 매개 없이 하나의 장소 안에서 공거하는 일은 이제
부터 비로소 가능해진다. 이것이 펼쳐지는 세계가 바로 신해욱의
자연이다. 파괴는 만물의 소생을 향한다. 그러나 파괴가 소생을
위해 목적된 수단은 아니며 둘은 시작과 끝을 알 수 없는 뫼비우
스의 띠처럼 다만 맞물려 있을 따름이다. 서로가 서로의 동시적
인 원인이자 결과가 되는 모순계, 그것이 신해욱의 자연이다.

　도가도. 비상도. 누가 도덕경을 읽고 있어.

　낭랑하다. 명가명. 비상명.

　물이야. 물이 흐르고 있다. 물소리에 섞여. 들어봐. 도덕의
가루를 도랑에 풀었대.

　4. "베드로와 함께 차차차를, 마리아와 함께 왈츠를", 신해욱, 「클론」,
『무족영원』.
　5. 시몬 베유, 「탈(脫)창조」, 『중력과 은총』, 윤진 옮김, 문학과지성사, 2021.
　6. 그러므로 신해욱의 시를 다룰 때 우리가 그간 사용해온 '시적 주체'라는
용어의 전통은 더는 성립하지 않는다.
　7. 시몬 베유, 같은 책, 49쪽.

도덕은 가용성이래. 비상하대.

걷잡을 수 없대. 가렵대.

(…)

가렵다. 번지고 있다.

(…)

가렵다. 바람이 분다.

뉘우치려 한다. 뉘우치려 한다. 예감은 엄습한다. 풀밭은 팽
창한다. 도생일. 일생이. 세포가 창궐하고. 이생삼. 삼생만물.
만물이 홍분하고 있어. 약동하고 있어. 부르르 전율하고 있어.

허물을 벗는 것 같아.

진물이 넘칠 것 같아.

들어봐. 상덕약곡. 상류의 도덕초를 뜯어. 가렵다. 건덕약
투. 약으로 쓰래. 말린 도덕초를 진물에 개어. 가렵다. 환약으
로 빚어야 한대.

도덕은 도덕으로 다스리는 거래.

토닥토닥. 토닥토닥. 다독여야 한대.

　　　　　　　　　　　　　　　　　　—「화생방」부분

인간의 도덕이 자연의 물에 녹고, 뉘우침의 파괴가 풀을 더욱

키워 내고 만물을 약동시키는 이곳은 자연이다. "세포가 창궐" 하며 "부르르 전율"하는 생성의 과정을 온몸으로 겪고 있는 이의 몸도 떨고 있다. 생성의 한가운데에서 인간의 도(道)와 자연은 서로 녹아든다. 탈-창조하는 존재자들은 주체와 대상의 자리를 넘어 자연의 일부로 화(化)한다. 자연은 생성되므로 파괴할 수 있고, 파괴되므로 생성할 수 있다(시의 제목 '화생방'은 화학·생물학·방사능으로 만든 대량 살상 무기를 뜻한다). 파괴, 탈-창조는 창조다.

개별자들의 위계가 하나의 거대한 흐름으로 녹아드는 이곳에서 다만 분명한 것은 주체나 대상이 아닌 오직 자연의 흐름이다. 진동하는 물질계 속에서 존재의 몸은 점점 더 가려워지고 허물이 벗겨지며 진물이 흐른다. 통상 우리가 상처라고 부르는 것, 그러나 신해욱에게는 구멍인 찢어진 자리가 계속해서 덧나고 가려워지는 상황은 존재와 세계 사이의 갈등이다. 그 어떤 감정적 발화도 배제하고 다만 파편과 부분으로 세계를 드러내는 무기적인 언어는 그 자체로 고통의 현현이다. 언어의 고통은 그것들의 충돌에서 발생한다.

이곳 자연에서 고통은 주체의 주관적 감정이 아닌 존재의 증상, 객관화된 통각으로 나타난다.[8] 자신을 닫힌 주체, 자기(self)가 아닌 자연의 일부로 감각하는 시는 자신의 고통 또한 외면할 수 없기에 그것을 치유할 방편을 찾아나선다. "도덕초"로 환약을 빚을 셈이다. "도덕초"는 '도덕'과 다르다. 사람인 것(人)을 사람 아닌 것(人)과 맞부딪치며 엮어 내던 이는 인간의 도덕과 자연의 풀을 이어 약으로 쓰고자 한다. 충돌은 계속된다. "도덕"은 '도닥'임의 행위인 "토닥토닥"으로 변한다. '도닥'이 '도닥'

---

8. 실제로 가려움은 통증의 일종이며 히스타민에 의해 자극받은 자유신경종말(통각 수용체)이 대뇌로 하여금 이 자극을 가려움으로 판단하게 한다. "모순과 파열하는 시의 언어들이 끌어안는 것은 순수한 고통이다. 신해욱의 시는 말하지 않는다. 다만 그것이 천사의 고통을 향해 내달리는 양태만을 보여줄 뿐이다." 전승민, 같은 글, 428쪽.

과 '토닥' 그리고 '다독'임으로 분화하는 연쇄는 기표의 단순한 말놀이가 아니다. 이 연쇄가 작용하기 위해서는 언어의 평형 상태, 기표와 기의의 유착 관계가 반드시 파기되어야만 한다. 인간을 속박하는 규율(도덕)은 물체를 두드리는 소리(도닥)로 파편화되고, 그것의 주파수는 한 존재가 다른 존재의 등을 두드리는 힘(토닥)이 된다. 타자가 타자에게 발휘하는 구체적인 힘은 무기적으로 형상화되므로 이를 발견하기 위해 우리는 언어의 표토를 굴착하여 심토 속에 숨어 있는 줄기와 뿌리의 얽힘을 따라가야 한다.[9] 자연은 시종일관 불안하게 요동치지만 그것을 전하는 목소리의 일관된 차분함 때문에 무엇이 분리되고 다시 이어지는지 단번에 포착하기 어렵다.

한데, 자연의 벌판에서 풀을 뜯어 약으로 만드는 이 손은 누구의 것일까? 보따리를 풀어 늘어놓고 무언가를 꿰매는 할머니들이 있다. 천상으로 하강하며 세계에 구멍을 내던 신해욱의 천사는 지상의 존재로, 바늘을 든 할머니의 모습으로 분(扮)한다.

> 할머니들 이마가 아름다운 할머니들
>
> 아름다운 이마를 맞대고
> 이야기보따리를 풀고 있는 할머니들
>
> 펼치면 넓어지는 것
> 이야기 속의 벌판은 넓었고
>
> 멈출 수가 없었지
> 벌판엔 없는 것이 없었고

9. 신해욱의 '생물성'은 식물의 무기물적 특성을 띤다. "자기 자신이 심겨져 있던 화분을 스스로 바꾸는 일, 주체가 스스로 대상이 되고 대상이 주체의 자리로 천천히 역행한 후, 그리고 그 모든 과정을 조용히 응시하는 이야기인 것이다." 전승민, 같은 글, 415쪽.

나를 좀 끼워줄래

나를 끼워주는 할머니들

놓친 대목에 헝겊을 덧대며
할머니들 먼 훗날에
나를 숨겨주는 꼬부랑 할머니들

할머니들 쉬지 않는 할머니들

이야기를 꿰매어
자장자장 벌판을 덮어주는 할머니들

할머니들 이마가 아름다운 할머니들
　　　　　　─「할머니들 이마가 아름다운 할머니들」 전문

　손의 주인이 누구냐는 질문은 수정된다. '주인'이 아니라 '주
인들'인 것이다. 지금부터 시집의 시편들을 조금 더 구체적으로
읽어보기로 한다. 인용한 시의 첫 행은 시의 첫 번째 행이자 첫
연이며, 2연에서 "이야기보따리를 풀고" 있는 모습으로 변주된
다. 시집에 수록된 많은 시가 이와 동일한 구성으로 쓰여 있는데,
이는 마치 무당이 굿을 하며 외는 본풀이의 구연, 주문(呪文)의
형태와도 같다. 시의 기원은 암송과 구술이라는 주술적 행위다.
2연은 1연의 부가적인 서술인 동시에 다시 1연으로 돌아가는
흐름을 만들고, 1연과 2연이 시의 마지막 두 연과 맞물리는 구조
적인 상동성 또한 그러한 흐름의 생성에 기여한다. 압축되어 있
던 이야기들이 주술에 의해 풀려나고, 벌판이 넓어지는 거대한
변화가 분명 목격되지만 시를 다 읽고 나서 우리의 심상에 최종
적으로 현상되는 것은 '할머니들'이다. 하나의 명사를 풀어 복수
의 존재자들이 행하는 집단적 주술 행위로 만드는 이 시는 매우

고전적인 리듬을 채택하면서도 전통적인 시적 주체의 자리를 조금도 남겨두지 않는 파격의 모순을 보여준다. 아방가르드의 자기 지시적인 파괴가 야기하는 급진성은 전통의 언어와 형식으로 반(反) 전통의 가치를 구현할 때 발생한다. 이는 시의 목소리가 한 명의 것인지, 혹은 둘인지, 셋인지 알 수 없다는 점에서 더욱 그러하다.

애초에 이 시를 말하는 목소리가 n명의 화자일 수도 있다는 당혹을 염두에 두더라도 당혹스러움은 시를 읽으면서 한 차례 더 증가하는데 시가 갑자기 "나를 좀 끼워줄래"라고 말한 순간부터 그렇다. 할머니들이 '나'를 그들의 무리에 끼워주는 7연 후로 제시되는 '할머니들'은 '나'의 등장으로 인해 $(n+1)$명이 된다. "할머니들 이마가 아름다운 할머니들"을 말한 최초의 목소리가 n명의 할머니들 중 한 명의 것이라고 생각한다면, 자신을 끼워달라고 요청한 '나'는 5연에서 7연 동안만 우리 앞에 나났다가 $(n+1)$명의 무리 속으로 사라진 것으로 읽을 수 있다("나를 숨겨주는 꼬부랑 할머니들"). 그렇다면 이 시는 n개의 목소리로 출발해 $(n+1)$개가 되었다가 '1'을 다시 n으로 숨기며 초기값을 확장하는 이야기일 테다.[10] 그러므로 첫 연과 마지막 연의 할머니들은 같으면서도 결국 다르게 된다.

요컨대 이 시는 신해욱의 시가 단일한 시적 주체를 배격하는 과정을 구체적으로 형상화하는 국면을 나타낸다. 일인칭 '나'로서의 시적 주체가 자신의 세계를 창조하는 절대자의 지위를 거부하는 행위는 존재자의 존재를 소거함으로써가 아니라 일인칭 복수의 세계에 포섭됨으로써 실현된다. '우리'를 말할 수 있는 '나'는 '우리'들 중 누구로 특정될 수 없는 임의적이고 가변적인 존재자다. '나'이면서 '나'가 아닐 수 있는 모순은 그러한 '나'가 복수의 '우리'를 머금고 있을 때 가능하다. 신해욱의 할머니들이

---

10. $(n+1)$은 생성하는 자연 속에서 더 큰 n으로 접근한다. n의 임의성과 무한은 상수 1을 포섭한다.

행하는 주술은 시의 일인칭이 점유한 자리를 세계에 남겨두면서도 '나'를 일인칭의 구속으로부터 벗어나게 한다. 인간이 세계 앞에 선 단독자가 아니라 여러 비/인간 존재자들과 함께 '우리' 중 누군가가 될 때 그는 자연의 일부이자 절대자가 아닌 부분으로서의 존재가 된다. 이렇게 신해욱의 일인칭은 자아를 강화하는 확고한 주체가 아니라 다만 텅 빈 **구멍**으로서 자리한다. 구멍으로 현상되는 목소리의 기표들은 세계의 표면에 분명히 실재하지만 그로부터 탈출한 기의들은 임의적인 자연의 세계에서 거대한 하나의 흐름을 만들며 뒤섞인다. '도덕'과 '토닥'이 그랬듯 시집에서 발견되는 모든 말놀이는 그러한 자연의 유동이다.

그러나 여기서 남는 한 가지 의문. 분명 할머니들은 벌판에서 보따리를 풀어 이야기를 꺼내두었는데 '나'를 숨겨주고 나서는 다시 "이야기를 꿰매어 / 자장자장 벌판을 덮어"준다. 「화생방」의 "토닥토닥"은 할머니들의 "자장자장"으로 번역된 것일 텐데, 그렇다면 약으로 쓰이는 "도덕초"의 잎을 채취하는 것과 "이야기를 꿰매"는 일도 같은 일일까? 할머니들이 '나'를 "끼워주는" 일은 어쩌면 이야기를 '기워주는' 일이기도 할 것 같은데…… 그러고 보니 손에 약초와 바늘을 든 할머니들이 어두운 방 안에 모여 바느질을 하던 것이 생각난다. 그들이 구멍 속으로 통과시키며 기워 내던 것은 무엇일까?

2. 곱하기의 바느질로 기우는데

우리는 규방에 모여
골무를 끼고
바늘잎을 들고
해묵은 겨울밤의 초나누기를 하고 있습니다

(…)

굽이굽이 깊은 겨울밤의 은밀한 초나누기를 하고 있습니다

골무는 튼튼하다
바늘잎은 푸르다
바늘잎에는
바늘귀가 없지 없으니까 너 하나
너 하나에 나 하나
바늘잎에 묻은 찰나에 중독되어
너 나 할 것 없이 바늘잎을 떼어 내며

너 하나에 초침 하나

나 하나에 초침 하나

초나누기의 끝을 헤아리고 있습니다

(…)

초침은 하나

초침은 오직 하나

우리는 구중궁궐의
규방에 모여

—「초」 부분

이 시도 「할머니들 이마가 아름다운 할머니들」과 유사한 구조
의 도입을 지닌다. "초나누기"를 하는 이들은 "초침은 하나"라
고 주문을 외며 시간을 쪼갠다. 목소리의 주인은 '우리' 중 특정
할 수 없는 누군가이다. '나'의 그러한 임의성은 시의 다성성

(polyphony)을 일으키고, 그들이 주고받는 다성적 대화로 인해 시의 화자는 시적 주체가 아닌 대상이자 타자가 된다. 이 시는 모두가 돌아가면서 부르는 돌림노래일 수도, 혹은 오직 한 사람의 발화일 수도, 또는 여럿의 목소리가 동일한 문장을 암송하는 합창일 수도 있다. 한데, 또한 중요한 것은 그들의 "초나누기"가 만드는 결과, "초침은 오직 하나"라는 진실을 서로 나눠 드는 일이다. 이내 "너 하나에 초침 하나"로 변주되는 이 진실은 솔잎이나 시계의 초침처럼 얇고 날카로운 "바늘잎"을 할머니들이 각자 하나씩 나누어 갖는 행위와 결부된다. 만물이 생성하며 요동치던 벌판에서 그들이 뜯던 "도덕초"의 풀잎은 겨울밤 규방에 모인 할머니들의 바늘과 충돌하며 푸른 "바늘잎"이 되고, 그 결과 그것은 시간을 초 단위로 쪼개는 "초나누기"의 물적 증거이자 행위의 핵심적인 도구가 된다.

할머니들은 왜 시간을 초 단위로 나누고 있을까? 아니, 그 물음에 답하기에는 아직 이르다. '우리' 속에 숨어든 익명의 '나'가 한 명인지, 두 명인지 알 길이 없음을 우리는 앞의 시들에서 살펴보았다. 그런데 「초」의 초침은 왜 '너'와 '나'에게 "하나"라는 자질을 중요하게 부여하는 걸까? 할머니들이 서로 나눠 갖는 "초"가 "바늘잎"이자 바늘이라고 읽을 때, 그리고 신해욱의 시가 시적 주체, 즉 명사화된 존재를 자연의 흐름과 행위 속으로 용해시켜 주체로서의 지위를 열등한 것으로 격하시킨다는 것을 유념할 때, 우리는 이 시의 끝에서 할머니들이 아니라 다만 n개의 바늘들이 서로 다른 위치로 이동하고 있는 움직임만을 남겨둔다. 바늘들이 여기저기를 옮겨 다니는 일, 바느질 말이다. 그렇다면 "바늘잎"에는 "바늘귀가 없"고 "없으니까 너 하나"라는 말은 곧 '너'와 '나'가 바늘이 통과하는 구멍이 된다는 뜻이리라. 그들이 꿰매고 있는 무언가는 곧 그들의 존재 자체다. 보이지 않는 실은 서로가 서로의 뒤를 쫓는 미행의 궤적이다.

① 할머니가 할머니의 뒤를 밟고 있다

뒤를
할머니는 맨발로

밤을 돌아
돌고 돌아
어딨을까 묘연한 밤을

어딨을까
② 할머니는 할머니를 벗어나

헛도는 것 같아
③ 그러자 나는 두리번거리고 있다

(…)

머리를 써라
그러자 나는 할머니의 머리를 쓰고 있다

어디서 왔어
그러자 나는 심문을 당하고 있다

뒤에서 왔지
어떻게 왔어
맨발로 왔지

(…)

나가지 마시오
할머니의 지평선을 넘어

그러자 나는 활보를 하고 있다

부자유를 잃고

    —「자율 미행」 부분(시행 앞에 기록된 번호는 인용자)

    앞서 보았던 목소리의 다성성과 '나'의 익명적 존재론 속에서 '할머니'는 또 다른 '할머니'를 얼마든지 뒤쫓을 수 있고(①) 그러한 뒤쫓음이 투명한 실로 꿰매어지는 바늘의 이동이라면 한 존재가 다른 존재를 "맨발로" 통과하는 일(②)도 얼마든지 가능하다. 인용된 부분의 4연부터 7연까지, 그리고 8연은 명령형의 목소리와 그러한 주술의 효과로 상태가 변화하는 '나'의 목소리로 구성되는데, 그 궁극의 결과가 "부자유를 잃"는 일이라는 것에 주목하자. '나'가 '나'의 뒤를 밟는 "자율 미행"이 실은 익명의 타자들인 할머니들의 뒤를 쫓는 일과 같다는 것, 그리고 그러한 추적이 세계를 두리번거리는 일(③)이 되며 이를 통해 '나'가 자신의 "부자유를 잃고" 활보하게 된다는 것이 중요하다. 시가 무너트린 일인칭 단수 '나'의 자리에 난 구멍을 '나'가 스스로 통과하며 다시금 꿰매어진 모습은 일인칭 복수의 '우리'다. '나'가 '나'의 꼬리를 문다, 그러나 그것은 곧 '나'가 '나'이지 않게 되는 전환의 행위인 것이다.

    '나'가 또 다른 '나'의 구멍을 통과하며 포개어지는 일은 그러므로 **곱하기**의 행위다. '나'의 위로 '나'가 더해지는 덧셈은 산술적인 누적이자 자아의 강화이지 존재론적 전환이 아니다. 여러 명이 하나의 초침을 서로 주고받고 나눠 가질 수 있어도 여전히 "초침은 하나"(「초」)일 수 있는 것도 그 때문이다($1 \times 1 = 1$). 곱셈은 충돌이다. 신해욱의 충돌은 동일자적 교환 행위를 거부하고 안정적인 의미론적 세계를 파괴하면서 다른 차원으로 나아감과 동시에 이전의 차원에도 질적인 변화를 가한다. 가령, 앞선 네 권의 시집에서 신해욱의 천사는 높은 곳을 향해 하강하는 모순율의 운동으로 은총을 구했는데, 이것이 제곱의 힘이다.[11]

양은 양의 양을 낳아

무한 속으로 사라지는데, 누가 숨을 죽였다

한 마리의 양만은 기어이

찾김을 당하지 않고

하나의 제곱은 하나, 거듭거듭 제곱도 하나

평행하는 두 개의 직선에 갇혀

　　　　　　　　　　　　ㅡ「규방가사」부분(『무족영원』)

　이전의 규방에서도 신해욱의 시는 곱하기를 했다. 1×1은 1의
거듭제곱이다. 말하자면 이 글의 1장에서 다루었던 일인칭 화자
'나'가 지니는 상수 '1'의 값이 무한의 n 속으로 녹아드는 과정
은 존재자가 제 스스로를 곱하는 과정, "자율 미행"이자 할머니
들의 바느질이다. 1×1=1이라는 등식은 '나'가 '우리'의 부분으
로서 일인칭 복수가 되는 변환을 뜻한다. '나'(1)와 '나' 아닌 타
자로서의 '나'(1)가 서로 충돌(×)하며 구멍을 통과하고 마주하
게 되는 것은 익명의 '우리'들 중 하나인 '나'(1)이다. '우리'가
구성하는 일인칭 복수의 내부에는 일인칭들뿐만 아니라 가능태
로서의 삼인칭이 들어 있다. 개별자로서의 '나', 다시 말해 시적
주체로서의 '나'가 특정되지 않는 '우리'의 익명성은 서로를 삼
인칭으로 바라볼 수 있는 시선을 함축한다. 그간의 시세계에서
전통적 시적 주체인 '나'의 자리에 구멍을 내며 삼인칭의 자리

　　11. "천사는 새로운 '생물성'을 지닌 낯선 피조물이다. 그는 지상으로부터
출발해 천상을 향해 낙하한다. (…) 하강은 중력에 의해서만 발생한다. 한데
천사는 높은 곳을 향해 떨어지는 중이다. 두 날개의 제곱이 은총을 구하고
있기 때문이다. 베유는 이 중력과 은총의 하강과 상승이 만드는 '제곱의 힘'에
관해 이렇게 말한 바 있다. "중력은 하강하게 하고, 날개는 상승하게 한다.
제곱의 힘을 가진다. 창조는 중력의 하강 운동, 은총의 상승 운동, 그리고
은총의 제곱의 힘이 행하는 하강 운동으로 이루어진다. (…) 낮아지기, 정신적
중력에서 그것은 올라가기이다. 정신적 중력은 우리를 높은 쪽으로
떨어뜨린다."" 전승민, 같은 글, 431~432쪽. 인용된 문장 안에서 재인용된
베유의 글은 시몬 베유, 같은 책, 10~11쪽.

로, 세계를 장면화하는 관찰자적 시선으로 나아가려 했던 신해욱의 운동은 다시 '나'로 돌아와 구멍의 사이를 깁는다. 하나의 실로 기워지는(1×1) '나'들은 부분으로서의 일인칭 '나'(1)가 된다. 다시 말해, "1×1의 체험에 들었다."(「아웃렛」)고 고백하는 시가 경험한 것은 '나'가 "이심전심으로 분열"(같은 시)하는 일이며, 분열의 이화 작용이 이심전심의 동화 작용을 바탕으로 이루어진다는 모순된 진실의 깨달음이다. 지상의 경험적 차원에서 이는 마치 잃어버렸던 양 한 마리(「규방가사」)를 다시 찾아와 새로운 가죽을 입혀주는 일과도 같다.

초나누기의 몫으로 우리는 하나의 바늘을 들고 깨어나. 쓸어봐. 가죽 같아.

우리는 일감을 더듬고 있습니다.

(…)

우리는 봉합을 맡으려는 것 같습니다.

자라라. 잘 자라라. 가죽이 벗겨진 어린 양에게. 어린 담비에게. 젖먹이에게. 인조가죽을 입혀주기. 여며주기. 거스르자. 우리는 결을 거슬러. 등이 있다. 엉덩이는 크다. 꼬리는 짧다. 쓸어주기. 정성껏 쓸어주기. 긁어주기. 발이 있다. 발바닥이 있다. 경혈이 있어. 깨워보자. 침을 놓아야겠어. 우리는 하나의 바늘을 들고.

골몰하고 있습니다. 바늘만 들고.
   —「의류와 포유류」부분

잃어버린 어린 양이 벗겨진 가죽으로 돌아왔을 때 새로운 가죽을 입혀주는 일은 "초나누기의 몫"이자 그들의 "일감"이며 존재를 "정성껏 쏠어주"는 일이다. "자장자장"(「할머니들 이마가 아름다운 할머니들」) 재우고 "토닥토닥"(「화생방」) 두드리며 한 마리 어린 양인 '나'를 '우리' 할머니들의 무리 속으로 안전하게 숨겨주는 일이다. 길 잃은 어린 양을 돌보는 일, 이것이 신적인 구원이 아니면 무엇이란 말인가. 더 이상 절대적인 개별자로서의 '나'가 아니게 되는 양은 할머니들이 떠준 새로운 가죽을 입고 바느질의 "봉합"을 통해 새로운 존재론적 지위를 얻는다. 그렇다면 '우리'인 동시에 '나'인 존재의 갈비뼈는 이제부터 공공의 것이 되었다고 말할 수도 있을 테다.

우리는 배를 움켜쥐고. 우리는 할머니의 이야기 속에 쓰러져. 둔갑을 하게 될 줄은 몰랐어 할머니. **공공의 갈비뼈에 생가죽을 쓰고.** 정말이야. 날뛰는 은총으로 발작을 하게 될 줄은 몰랐는데. 낭패다. 우리는 덫에 걸려 봉인을 당한 것 같습니다.

호산나. 좀 꺼내줄래. 우리는 할머니의 약손을 기다리고 있는데.

할머니의 고개를 저으며. 누가 할머니의 바늘로. 낭패야. 손끝을 따고 있습니다. 손끝에 맺힌 피로. 낭패야. 부적을 써 붙이고 있습니다. 狼狽구나. 붉은 글자의 늑대가 우글거리고 있습니다.

— 「호산나」 부분(강조 표시는 인용자)

"날뛰는 은총으로 발작"을 했다며 천사의 상승하는 하강을 곱씹는 시는 할머니의 바늘이 그러한 "낭패"를 치료해주기를 바란다. 할머니의 바늘은 액운을 막는 부적을 만들기도 한다. 부적의 붉은 글자들은 바늘로 딴 손가락 끝에서 흘러나온 피로 쓰인다.

"액막이에는 제곱근이 필요하다"(「말복 만찬」, 『무족영원』)는 과거의 중얼거림 또한 붉은 피로 넘실거리는 세계에서 길어 올린 목소리였다("닭피는 신문지에 바르고.", 같은 시). 그러나 부적의 내용은 다름 아닌 "낭패"고, "빨간 것은 거짓말"(「호산나」)이라는 외침과 더불어 적시된 언어는 "낭패"조차 "낭패"하게 만드는, 다시 말해 허상이라는 언어의 판정 또한 허상에 불과하다는 이중의 모순을 폭로한다("허깨비가 있다. 허깨비가 있다.", 「서울 문묘의 은행나무」). 신해욱의 세계에서 기표와 기의의 파열은 어디에서나 산발적으로 발생하고 이와 더불어 자연은 매 순간 몸서리친다. 언어가 결코 실재를 도륙할 수 없다는 헤겔의 말이 그러하듯, 항상적으로 약동하는 세계의 떨림을 언어로 온전히 길어올릴 수 없음을 너무나 잘 아는 시는 제가 쓴 "낭패"의 낱말들조차 이미 "낭패"임을 적시할 뿐이다.

3. 그런데 '하나'는 반드시 '아홉'과 어긋나므로

'1'이라는 숫자가 이 세계에서 그토록 중요하다는 사실은 그것의 나머지 부분인 '9'를 자연스럽게 소환한다. 신해욱의 존재자들인 '나'가 절대적 개별자로서 완전한 것이 아니라 다만 부분으로 화(化)하는 것처럼, '나'가 지닌 '1' 또한 부분으로서 열려 있는 불완전한 값이지 닫힌계(closed system)의 원소가 아니다. 불완전하지 않은 수, 즉 완전수는 자신이 갖는 약수들 중 저 자신을 제외한 것들의 합으로 재귀하는 값으로, 자신을 구성하는 타자적인 것들의 산술적 총합이 자기 자신으로 되돌아오는 값이다.[12] 그러나 '나'의 자리를 떠나 거듭제곱의 운동을 하는 신해욱

---

12. 약수는 어떤 수를 나누어 떨어지게 하는 수를 말한다. 예컨대 9의 약수는 1, 3, 9이다. 완전수는 자기 자신을 제외한 약수들의 합이 자기 자신이 되는 수를 말한다. 가령, 6의 약수는 자기 자신인 6을 제외한 1, 2, 3이며 이들의 합(1+2+3=6)은 곧 자기 자신이다.

의 존재자들은 이전의 자리로 회귀하지 않는다. 가령, 1을 두 번 곱한 것과 세 번 곱하는 행위는 결과인 '1'의 기표가 같은 외양을 하고 있다는 점에서만 동일할 뿐 존재에 가해지는 변화의 층위에서 서로 다른 행위이자 다른 값이다. 그의 자연에서 '1'은 '9'가 소환하는 부분으로서의 존재, 비대칭적인 대칭을 이루는 관계의 항이다. 하나와 아홉을 더하면 열, 사람의 손발과 세계를 구성하는 십진법의 '10'이 되지 않던가. 열 개의 손가락과 열 개의 발가락, '아홉'과 '하나'는 신발 속에서 서로를 만난 적이 있다.

문 앞에 구두가 놓여 있었다.

한 발이. **우리는 한 발이 늦은 걸까.**

남은 걸까.

(…)

둘이서 하나를 쓰는 곳에. 몫이 있다고 했지. 나눌 수 없는 몫을 맡아. 하나를 쓰랬는데. 하나의 구두에 가로막혀. 우리는 꼼짝없이.

구두에 발을 넣어보았다.

구두는 컸다.

이것은 미달의 체험일까. (…)

우리는 구두를 닦았다.

광이 났다. 삶이 비쳤다.

탐이 난다 삶은 탐스럽다 만져보고 싶다 우리는 손을 뻗었
는데. 들어가고 싶었는데. 피하지 마. 피할 수가 없었는데.

피할 수 없는 삶으로부터 우리는 유리된 것 같았다.

살을 꼬집어보았다.

아야. 소리를 지르고 싶었다.

하나를 깨우고 싶었다.
—「슈샤인」부분(강조 표시는 인용자)

화자의 삶을 "미달의 체험"으로 만드는 것은 '하나'가 깨어 있
지 않고 잠들어 있기 때문이다. 어쩐지 '한 발'만큼, '하나'만큼
모자란 삶의 감각은 시를 말하는 (아마도 '아홉'일) '우리'로 하
여금 '하나'를 깨우고 싶은 간절한 욕망을 불러일으킨다. '하나'
만큼 결핍되어 있다는 감각은 그들이 스스로를 "섣부른 것
들"(「카운트」)로, "멸종 직전에 멸종이 막혀 잘못 증식하는 것
들"과 같은 비정상적인 존재자들로 느끼게 한다. 죽음과 삶의 계
면에 누워 있는 이 '아홉'들이("소생실") 고투를 벌이는 대상은
멸종 위기의 시대에 '멸종'마저 '멸종'해버린 나머지 사라질 운
명을 놓친 이들의 어긋난 시간과 그 어긋남의 감각이다.[13] '아홉'
은 꼭 '하나'만큼 어긋나 있다. 그들이 하얀 침상에 누워 아무리
"하나에서 열까지"를 주문처럼 계속 외운다 해도 이 어긋남의
감각은 피할 수 없는 그들의 운명이다. '아홉'의 존재론적 시원
은 나머지 '하나'를 찾기 위한 여정 속에 놓여 있기 때문이다.

13. "엑스자 대신 갈지자로, 아니다, 모른다, 아니다, 모른다," 신해욱,
「클론」, 같은 책.

"맞춰봐라," 장승이 입구를 가로막고 문제를 내었다.

"옛날 옛날에. 아홉이라고 하자. 아홉이 길을 떠났어. 지팡이에 탐지기를 달고. 밟으면 터지는 것. 매설된 소실점을 찾아 나섰지. 사라진 열쇠. 사라진 마을. 사라진 이름. 소실점으로 소실계를 열어야 했어. 사라진 나무. 사라진 구름. 사람의 아들. 아홉은 알고 싶었지. (⋯) 사라짐으로서의 나타남이라는 세계." (⋯) "하나가 걸음을 멈췄어. 밟았다. 밟은 것 같아. 왼발이었지. 아홉은 왼발을 둘러싸고 모였어. 찾았다. 되었다. 있다. 왼발 밑에. 묻혀 있다. 그런데!," 장승은 눈을 부라렸다. "어쩐다? 방법이 떠오르지 않았어. 펑. 소실점을 터트려야 소실계가 열리는 걸까. 아홉 개의 소실점을 모아 아브라카다브라 주문을 외워야 하는 걸까."

—「장승의 수수께끼」 부분

'아홉'은 세계 어딘가에 "매설된 소실점"을 찾아 "소실계"를 열고자 한다. 그것은 "사라짐으로서의 나타남이라는 세계"이며 그들이 잃어버린 '하나'를 발견할 때 비로소 그 과업은 성취될 수 있다. 그러나 '아홉'이 '하나'를 만나도 상황은 여전히 난감하다. '하나'의 왼발이 딛은 소실점을 폭파해야 비로소 소실계가 열리는 것인지, 아니면 '아홉'이 지닌 소실점 모두를 터트려야 하는 것인지 그들은 알지 못한다. 기적적으로 '아홉'이 '하나'를 만난다 하더라도 '하나'를 어찌 처치해야 하는지에 관하여 그들은 여전히 무지하다. 이는 앞에서 '낭패'가 '낭패'하고 '멸종'이 '멸종'해버리는 시세계의 실존적 위기와 연관된다. 실존의 필연적인 어긋남은 소실점을 만든다. 소실점은 본래 실제로 평행한 두 직선을 평행하지 않게 왜곡하여 배치할 때 그들이 연루되는 무한한 점이다. 무한히 생성하고 나아가는 두 직선이 만드는 임의적인 좌표인 소실점은 실제 현실에서 도달할 수 없는 지점이다. 소실점이 무한 원점이라는 것은 '아홉'과 '하나'의 삶이 영원히, 무한하게 어긋날 수밖에 없음을 뜻한다. 소실계는 모순율로 구성된 자연을 살아가는 존재자들이 영원히 어긋나며 텅 빈 자리로 남아 있는 하나의 점이자 **구멍**, 이 세계에는 실재하지 않는 0번째 차원이다. '아홉'(9)과 '하나'(1)는 '영'(0)을 사이에 두고 한 박만큼 어긋난 채로 평행한다.

시의 목소리가 지니는 일인칭의 자리는 이러한 어긋남을 생래적으로 배태한다. '나'의 목소리가 세계를 자아화하는 무뢰한의 힘을 발휘한다는 시적 전통의 믿음은 '하나'만큼의 어긋남을 간과할 때 성립한다. 신해욱이 서정을 쓰지 않았던 이유는 그가 이러한 진실을 이미 알고 있었기 때문이다. 그의 아방가르드는 서정에 대한 분노가 아니라 그러한 언어로 지어 올린 이 세계가 실상 소실계와 다름없음을 이미 알고 있던 자의 정직한 열정에서 연유한다. 모든 시는 대상의 재현에 실패할 운명이다, 언어는 실재에 온전히 가닿지 못한다, 주체가 세계의 창조자로서 절대자라는 것은 다만 허깨비의 믿음에 불과할 뿐이다—이것이 바로 신해욱이 일러주는 우리의 냉엄한 운명이다. 그가 지닌 무신론자의 신앙은 이러한 어긋남의 믿음이다.

'하나'만큼 어긋나는 삶의 엇박은 언어로 지어진 세계에 사는 누군가라면 반드시 겪게 되는 리듬이다. 그렇다면 시의 세계에서도 자연히 그러할 것이다. 그래서 할머니들의 바느질은 계속해서 앞으로 나아가는 홈질(running stitch)이 아니라 두 박자를 먼저 나아갔다 한 박자만큼 되돌아오는 **박음질(back stitch)**이다. 그의 시는, 말들의 '간결한 배치' 속에서 드러나는 'syzygy'—마치 새벽녘에 잠시 떴다 이내 사라지는 그믐달과 같은 언어의 사라짐을 포착하며, 그러한 찰나 속에서 짧은 생을 다하는 인간의 무기적인 '생물성'을 그러쥔다. 시각을 배제한 '무족영원'의 외계적인 촉수로 더듬는 '자연의 가장자리와 자연사'는 모두 이 '하나'의 엇박을 기원으로 삼는다. 언어의 간결한 배치는 세계의 난해함을 조망하고, 언어는 대상의 출현이 아닌 다만 사라짐을 현상하고자 하며, 새끼를 낳는 양서류의 기괴한 감각으로 만지는 자연의 가장자리와 그것의 역사는 결코 정합적이지 않다. 꼭 '하나'만큼 어긋나 있다. 신해욱의 자연은 각 존재자들의 소실점으로 이루어진 모순계다.[14]

엇박의 리듬은 그의 시세계가 구성되는 방식 안에서도 작용한다. 첫 번째 시집에서는 세계의 표층에서 드러나는 말들의 배치를, 두 번째 시집에서는 그 말들의 움직임이 표면의 너머로 사라지는 실존적 양태를 보여주면서 이전의 시세계를 비튼다. 세 번째 시집에서는 그러한 실존이 지닌 생물성이 비정합적인 무기물의 것임을 보여주며 뒤이은 네 번째 시집에서 그 무기적 감각의 출처가 (다만 우리가 일상적으로 상상할 수 없었던) 유기적인 존재의 것이었음을 알려준다.[15] 이로써 세계는 또 한 번 비틀어지는 것이다. 네 번의 시집과 두 번의 엇박, 두 번을 나아갈 때 한 번을 돌아오는 리듬이다. 운동의 진행에 있어 엇박은 순행하는 흐름에 난 구멍이다. 지금 우리 손에 들린 다섯 번째 시집 『자연의 가장자리와 자연사』에서 신해욱은 다시, 이전의 구멍 두 개를 바늘로 역주행하며 기우고 있다.

두 개의 구멍, 두 개의 빈 자리는 두 개의 알 수 없음이다. 그는 지난 사반세기 동안 독자에게 **이중맹검**을 행해왔으며("맹검이다. 이중맹검을 당한 거야. 우리는 내막이 궁금했는데.",「도마를 말리자」)『자연의 가장자리와 자연사』는 그러한 이중맹검의 시 쓰기를 돌아보는 메타시들의 모음이다. 이중맹검(double-blinded test)은 의약품의 효과를 연구하는 임상 실험에서 실험 대상인

14. "신해욱의 이번 시집은 여태까지 자신이 형성해온 이러한 모순계의 생성 원리를 한층 구체적으로 밝히고 있다는 점에서 메타적이다." 전승민, 이 글의 1장, 134쪽.

15. 무기적인 "생물성—가장 인간적이고 인간적인 '휴머니티(인간성)'를 꺼내어 시로 쓰려던 화자는 실은 계란, 탄생의 원초적 경계 안에 그것을 밀봉해두었어야 하는지 가정해본다. 가장 최근에 발표한 시집 『무족영원』의 '요정 연작'은 이렇게 시작한다. (…) 요정은 날개를 다친 천사임이 분명하다." 전승민, 같은 글, 435쪽. '계란'이 유기물이듯, 신해욱의 무기물적 생물성은 여러 유기물-생명체로부터 연유한다.

환자는 물론 약을 투여한 후 결과를 관찰하는 의사 역시도 투약하는 약의 종류를 알 수 없게 하는 방법으로, 플라시보 등의 암시 작용을 피함으로써 약효를 정확하게 측정하고 판별하기 위해 고안된 방법이다. 신해욱이 행하는 언어의 실험, 시쓰기가 이중맹검으로 수행되는 상황 속에서는 시를 쓰는 시인도, 시를 읽는 독자도, 심지어 시 스스로조차도 자신이 하고 있는 언어의 실험이 어떠한 원리로 이루어졌는지 알 수 없다. 재현되는 대상뿐만 아니라 시적 주체를 포함한 그 누구라도 이중맹검의 실험 속에서 무지할 수밖에 없기에 시적 주체와 대상 사이에 세워지는 위계와 구별은 무화된다. 그렇기에 신해욱의 일인칭 '나'는 그것의 익명성과 임의성에 의해 양자적인 상태, 일인칭 복수인 '우리' 중 그 누구(들)가 되는 것이다.

제 몸에 난 구멍들, 찢어진 자리를 돌아보며 박음질하는 시는 그간의 역사를 돌아보며 자신이 행위해온 언어의 궤적을 엮으면서 앞으로 나아간다. 엇박의 리듬을 그리면서 말이다. 신해욱의 시세계가 어긋남에 기초하여 형성되어왔듯, 이 시집의 각 부가 이루는 구성 또한 그렇게 어긋나 있다. 1부에서 주요하게 제시되는 "초나누기"와 "하나"의 실질적 의미는 2부에서 한 발짝 늦게 출현하는 할머니들과 그들의 바느질, 그리고 그 박음질의 행위가 개별 시편들로 좀 더 구체화된 3부를 지나고 난 뒤에야 이해된다. 페이지를 순차적으로 읽어 나갈수록 우리는 이미 지나온 앞의 시들로 계속해서 돌아간다. '하나'가 통과하는 소실점의 구멍 안에서 나중의 미래는 과거의 자리로 미리 기록되며 서로 겹쳐진다.

4. 덕분에 '하나'는 헤미올라로 숨어들고 '아홉'은

그의 시가 견인하는 무기적인 생물성과 세계를 시각화하는 묵음의 소리는 무신론자의 신앙에서 피어나는 극한의 수동성을 담지한다. 자기 자신과 제 언어를 탈-창조하며 창조의 극치를 보여주고, 존재자들의 소실점이자 빈 공간, 찢겨나간 몸의 흔적이자 부재는 기표와 기의, 언어와 언어의 충돌이라는 능동의 극한 속에서 생성된다. 요컨대 신해욱의 자연은 능동으로 인한 수동과 수동에 의한 능동, 뒤돌아감에 의한 나아감이라는 모순율 안에서 약동한다. 이 글의 2장에서 읽었던 「자율 미행」에서 '나'가 '우리' 할머니들 속으로 놓여나며 일인칭의 속박으로부터 자유로워지는 일 또한 "부자유를 잃는" 부정의 행위로 발화되지 않던가. 수동과 능동, 기표와 기의, 그리고 창조와 탈-창조가 서로를 들이받는 맹렬한 충돌, 이 부정성의 신학에는 그 어떤 매개물이나 경유지가 없다. 신해욱의 시는 구체화된 감각과 사물, 그리고 세속의 생물들을 '통해서' 자신을 말하지 않는다. 그의 시는 그것들의 '안에서' 자신의 철학과 신앙을 현현시킨다. 시 속에서 대상과 대상, 구조와 구조를 매개하는 은유나 알레고리를 발견할 수 없는 것은 이 때문이다. 스스로를 갱신해온 자신의 언어마저도 찢어버리는 손과 바늘, 그리고 시의 몸 사이에는 그 어떤 매개물도 불필요하며 있어서도 안 된다. 매개하지 않음은 신해욱의 시적 당위다.

무기물로 구성된 그의 시세계가 세계의 어긋나는 리듬을 감지할 때 우리는 그것의 전체를 가늠하게 되고, 더불어 그 어디에서도 체험한 적 없는 거대한 에피파니, 어긋남의 진실을 경험한다. 언어를 파괴하는 언어, 제 몸을 쥐어뜯는 시는 존재자들의 '멸종'이 아니라 바로 그 멸종의 멸종됨까지도 소생시키려 한다는 것, 그것이 바로 우리가 신해욱의 시를 읽으며 아주 느린 속도로 (그래서 경험하고 있는 줄도 모른 채로, 이중맹검을 당하는 채로) 경험하게 되는 진실이다. 상승을 위해 하강하는 신성의 천사가 분한 세속의 할머니들, 소생하기 위해 파괴하며, 자신으로부터 탈출하기 위해 세계에 구멍을 내고 다시 깁는 그들은 '이중하는' 자들이다. 자연의 모순율을 체현하는 존재자, 능동적인 수동과 수동적인 능동, 그 모든 부정성의 미학을 목소리로 구가하며 '이중하는' 자들이다.

시집의 3부에서 다시 2부와 1부로 되돌아갔듯, 우리는 마지막 부인 5부까지 모두 읽은 뒤 필연적으로 4부와 3부로 되돌아간다. '하나'의 소실점을 찾아 여정을 떠났던 '아홉'의 뒷이야기 속에서 우리는 그들이 처한 실존적 위기가 세계의 어긋나는 리듬에 의한 자연적인 운명임을, 그러나 그것은 유한한 존재자들이 살아 있는 동안 감내해야 할 징벌임을 알게 된다(「크로마키 스크린」). 요컨대 시집에서 '뒤'에 실린 시편들은 그보다 '앞'에 수록된 시들의 프롤로그다. 신해욱의 "자연사"는 나중의 이야기를 늘 먼저 기록해두기 때문이다. 가령, 시집에서 흐르는 계절의 시간성은 순행하면서도 역행하는 듯하고, 계절과 계절 사이에 구멍을 낸다. "초"를 나누던 겨울의 규방에서 출발해(「초」, 1부) "삐딱하고 명랑"하며 "건방지고 아름다웠"던 봄의 청명을 지나면(「오감도」, 2부) 여름이 첫 번째 구멍 속에 숨어들어 부재하게 되고, 그러다 "잘못 녹은 삶이 시간을 더럽"히는 가을의 상강을 맞이한다(「숨은열」, 3부). 겨울에서 봄, 그리고 가을로 이어지는 계절의 호명 속에서 여름은 한 박자만큼 뒤로 빠져 있다. 여름은 사라진 것이 아니라, 마치 「네거티브 사운드」에서 세계의 배면에 고여 있던 소리들처럼, 다른 시간의 뒤로 한 걸음 물러나 있을 따름이다. 그러한 물러남은 어쩐지 우리에게는 마치 여름이 없는 것 같은 착각을 불러일으킨다. 그러나 여기서 한 가지 주의할 점—여태 우리가 짚어왔듯 그 어긋남은 소거나 삭제가 아니라 이웃한 세계 안으로 존재를 용해시켜 비가시적인 상태로 실존하게 하는 것이다.

신해욱의 세계를 다른 그 무엇이 아닌 시로 만드는 것은 바로 이 한 박자만큼의 어긋남, **헤미올라**(hemiola)의 리듬이다. 헤미올라는 악보의 마디마다 규칙적으로 반복되던 기존의 박자가 만드는 리듬 안에서 다른 종류의 박자가 발생하는 진행으로, 예컨대 3박으로 진행되던 리듬이 마치 2박처럼 들리는 음악적 효과를 말한다.[16] 가령, 3/4박자의 마디 하나가 품은 3개의 사분음표는 6개의 팔분음표로 쪼갤 수 있고, 6은 2 곱하기 3이며 3 곱하기 2와 같다. 3박은 '하나'(사분음표 1개)를 세 번 묶어 만들 수도 있지만 '둘'(팔분음표 2개)을 세 번 묶어 만들 수도 있다. '하나'는 여럿 속으로 '하나'(2개와 1개의 차이)만큼 어긋나며 녹아든다. (n+1)에서 n으로 녹아든 '하나'가 '아홉'과 하나만큼 어긋나며 돌출되는 것을 우리는 목격한 바 있다. 여기에서 또다시 역행하는 박음질의 '한' 땀―그렇다면 규방에서 "초나누기" 하던 할머니들은 바늘로 헤미올라의 리듬을 깁고 있던 셈이다! 헤미올라는 시간의 곱셈과 나누기로 만들어진다. '아홉' 개의 문으로 겹겹이 둘러싸인 규방에서("우리는 구중궁궐의 / 규방에 모여", 「초」) 흘러나오는 주문 "초침은 하나"는 "초나누기" 하는 이들이 만드는 헤미올라의 의식이다. '하나'는 늘 '아홉'으로부터 어긋난다. 그렇다면, 무한히 '하나'를 쪼개어 만들던 할머니들은 '아홉'일까? 과연 그러하다.

아홉이라고 했다

우리는 아홉 개의 잘못을 찾아
벌판을 헤매고 있다

우리는 벌을 받았다고 했다

(…)

우리는 어긋나고 있다

16. 일과 이분의 일을 뜻하는 그리스어 헤미올리스(hemiolis)에서 유래한 단어로 3:2 비율을 뜻한다. 보통의 경우, 길게 사용되는 것은 아니며 잠깐의 활용을 통해 악곡의 흐름에 긴장을 부여하며 선율의 파토스를 증가시킨다. 차이코프스키는 헤미올라 기법을 상당히 자주 사용했는데 예컨대, 그의 현악 사중주 1번 3악장은 매우 긴 헤미올라로 이루어져 있다. P. L. Tchaikovsky, String Quartet No. 1 in D Major, Op. 11, 3rd movement.

착란의 녹색은 광선의 것

(…)

아홉 개의 해골에 고인
마른 빗물 같은 것 마땅히 미끄러울
녹색의 이끼 같은 것

아홉 개의 잘못을 맞추고
우리는 청산을 해야 하는데
벌판을 벗어나야 하는데

(…)

아홉 번 망친 벌판을
녹색의 피로 복구하고 있다

소생하고 있다

— 「크로마키 스크린」 부분

　'하나'와 어긋나는 '아홉'은 징벌의 결과다. 3박자로 계산된
랑그의 구조 안에서 출현하는 2박자의 파롤은 기록된 언어, 활자
의 차원에서 허상이다. 하얀 것 위에 쓰인 검은 것의 공간, 악보
위에서 헤미올라는 조용히 은신할 따름이다. 그것이 '하나'만큼
의 어긋남을 세계에서 실현하는 것은 언제나 곡이 연주될 때에
한해서다. 시가 문자로 기록되며 고정된 언어의 형태로 전해지는
우리의 시대는 파롤, 목소리의 신성이 더는 유효하지 않은 시대
다. 천사는 추락하고 할머니들의 바느질은 역주행한다. 무한히
'하나'를 나누고 있는 '아홉'의 할머니는 "아홉 개의 잘못"을 청
산하고자 쉬지 않고 바늘을 나누었다. 운명의 형'벌'은 "벌판"으

로부터 온다. 그들은 지상의 "벌판"을 벗어나기 위해 영원한 바느질을 한다. 그것은 '아홉'의 운명이다. '9'는 십진법으로 이루어진 이 "자연사"의 세계에서 자연수의 극단이다. '아홉'의 다음은 구멍(0)으로의 사라짐이다. '아홉'이 '하나'를 만나면 소멸하기에 '열'(10)의 세계에서 둘은 무한히 어긋날 수밖에 없고, 10으로부터 '하나'(1)만큼 떨어진 9는 바로 그 '하나'만큼의 어긋남으로 인해 영(0, 靈)으로 무화되지 않고 세계에서 현존할 수 있다. '아홉'의 형벌은 '하나'와 영원히 만날 수 없는 운명에서 연유하지만 그들의 구원 또한 '하나'로부터 온다. 자연은 모순계다.

'아홉'은 세계의 구멍들 사이로 바늘을 통과시키며 n개, 무한 개의 '하나'를 만들면서 스스로를 구원한다("새 출발을 하고 싶다고 했다. (…) 가지 마 할머니.", 「애정틈진문」). 구멍을 통과하며 태어나는 '하나'는 '아홉'과 더해질 수 없으므로 자기 자신과 충돌하며 곱셈을, 1×1의 거듭제곱을 하면서(1^n) 자연(n) 속으로 녹아든다. 양쪽 날개에 '1'을 달고 추락하던 천사는(1×1) 할머니들의 바늘 끝에 달린 자연을 통과하며(1^n) 무한히 차이나는 생성의 일원론으로 나아간다. $1 \times 1 = 1^n$이다. n의 자리에는 임의의 그 어떤 자연수라도 앉을 수 있다. 결국, '하나'는 자연수의 무한집합을 껴안는다. "자연사"의 세계에서 '아홉'이 소멸의 위기에 늘 직면해 있는 극단의 존재자들인 반면, '하나'는 가장 낮은 곳에서 살아가는 겸허한 존재자다. 신해욱의 일인칭이 시적 주체라는 절대적인 지위로부터 벗어날 수 있는 것은 그것이 '우리'(n)라는 자연 속으로 녹아들기 때문이다. ($n+1$)이 n으로 점근할 수 있는 것은 '하나'의 소거를 통해서가 아니라 '우리'라는 일인칭 복수의 자연(n)에 내재한 임의성과 우연을 제 몸으로 체현(1^n)하면서. '아홉'은 바늘 끝으로 '하나'를 무한히 기워 내면서 자연 속으로 스며든다.

5. 드디어 열반의 여름에 이르고

그의 시가 품은 무신론자의 신앙은 극단의 수동성에 기초한
다. 신해욱의 시가 행하는 구도(求道)는 제 언어를 탈-창조하면
서 존재자들의 구멍을 통과해 자연의 모순계 안에서 소실계를
찾아나서는 일이었다. 그런데 이러한 수동성은 극단의 능동성이
기도 하다. 서로 충돌하고 자신을 분열시키며 생물성을 유기물
에서 무기물의 것으로 전환하는 신해욱의 언어는 크고 작은 헤
미올라의 리듬을 발생시킨다. 완성된 유기물이 아니라 다만 부
분들만을 현존케 하는 언어의 무기적인 생물성은 부분과 부분을
운동시키며 언어와 세계를 재귀적으로 갱신한다. 가령, "벌"은
"벌판"에서, '9'는 "구중궁궐"에서 태어나고 "초나누기"의 '초'
는 "도덕초"에서 뻗어나왔다. 이렇게 생장하는 말의 가지들은
신해욱의 자연이 펼치는 생성의 언어유희다. 우리가 시의 표면에
서 눈으로 더듬었던 것이 그러한 나뭇가지들이라면 그 생성의
자리에는 뿌리와 줄기, 둥치를 가진 나무가 분명 있을 터인
데……[17] 마침, 이곳에 한 그루의 나무가 있다.

　　나무를 했다.

　　우리는 나무를 했지. 끄떡없는 나무. 우뚝한 나무. 우리가
나무를 했는데.

　　(…)

[17] "타자가 타자에게 발휘하는 구체적인 힘은 무기적으로 형상화되므로
이를 발견하기 위해 우리는 **언어의 표토를 굴착하여 심토 속에 숨어 있는
줄기와 뿌리의 얽힘을 따라가야 한다.** 자연은 시종일관 불안하게 요동치지만
그것을 전하는 목소리의 일관된 차분함 때문에 무엇이 분리되고 다시
이어지는지 단번에 포착하기 어렵다." 전승민, 이 글의 1장, 138쪽. 강조 표시는
인용자.

높다. 떨리는 높이야. 우리는 나무 아래에 쓰러져. 우리는 거품을 물고. 잎사귀에 잎사귀가 펄럭인다. 저 봐. 시간이 겹친다. 가지가지야. 벌레가 갉아 먹은 잎사귀의 구멍으로 가지가지의 미래가 쏟아져서. 가지가지의 미래에 눌려서. 무겁다. 우리는 버둥거리고 있습니다.

잎사귀가 펄럭인다. 잎사귀는 벌레의 것.

매기가 운다. 골다공. 골다공.

(…)

구멍이 많대. 가지가지래. 가지가지의 구멍으로 미래가 쏟아지는데. 골다공. 다공다공. 서로의 뼈를 주워 우리는 피리를 불어야 할 것 같은데. 산란하는 빛 속에. 우리는 달그락거리며. 울창한 미래의 노래를. 미래의 늦은 화음을. 초목의 입체 음향을.

그래서 나무를 했지. 우리는 또 나무를 했는데.

(…)

우리는 부동의 자세로. 맹렬해지는 것 같습니다.
　　　　　　　　　　　　　　　　－「둔기로 얻어맞았을 리 없음」 부분

　나중의 시간을 끌어안고 지나온 궤적 위에 난 구멍을 통과하는 일, 박음질하는 시의 리듬 속에서 우리는 '이미' 도래했지만 동시에 '아직' 오지 않은 것으로서 과거를 경험한다. '이미'와 '아직'이 공존하는 모순 속에서 과거의 자리로 당겨지는 미래는 시간이 도달하는 부정성의 극한이다. 과거에서 출발한 현재가 미래까지 나아갔다가 다시 처음의 과거로 돌아가는 일은 수동성을 지향하는 능동의 극단적인 행위일 것이나, 한편으로, 이는 죽어버린 과거의 시간을 미래의 불안정한 떨림으로 "소생"시키는 일이므로 수동성으로부터 궁극의 능동성의 생성을 이끌어 내는 일이기도 하다("우리는 부동의 자세로. 맹렬해지는 것 같습니다."). '이미' 죽어버린 과거의 시간, 만질 수 없는 기억은 '아직'의 미래가 과거로 되돌아가면서 살아난다. 부정성의 신학에 기초한 무신론자의 신앙은 자연을 급진적으로 요동치게 한다. 그것은 그 어떤 대자적 의식의 개입 없이 즉자로서만 존재하던 세계를 비트는 일이다. 「즉자의 돌」에서 '우리'는 죽어버린 과거의 시간과 기억의 더미를 소생시키고자 "즉자"를 부른다. 마치 죽은 이의 넋을 부르는 초혼 의식처럼, 그곳에서 이곳으로 불러오려 한다.

즉자야.

즉흥의 즉. 즉자야. 우리는 즉자를 불렀다.

즉자야. 이리 온.

우리는 손짓을 했다.

(···)

펼치면 사라지는 것. 만지면 부서지는 것. 손바닥은 크다. 따뜻한 채로 남아 있다. 쑥물이 들어 있다. 기억을 덮을 수 있다. 기억은 쑥색이다. 즉자야.

우리는 쑥을 뜯고 있었는데. 쑥대밭이었는데.

이리 온. 즉자야. 기억은 잘못된 돌이야.

불가촉이래. 기억은.

구르지 않는대. 부서질 것이 없대.

—「즉자의 돌」 부분

즉자(en-soi)는 대상을 정립하는 의식인 대자(pour-soi)와 달리 그 무엇에도 기대지 않고 자기 자신, 그 자체로 존재하는 존재의 차원을 말한다. 즉자는 자연의 다른 존재들과 상호 소통하거나 영향을 주고받지 않는 '그 자체'의 상태로 존재하는 차원에 있다. 가령, '나'의 의식이 '너'의 언행으로 영향받고 마음의 상태 변화를 일으킬 때 '나'와 상대는 서로에게 대자적 존재다. 그러나 '나'와 상대가 서로에게 말을 건네더라도 그 말이 이해되지 않거나 서로에게 어떤 영향도 미치지 못할 경우 둘은 각자의 고립된 상태에 놓인 즉자적 존재가 된다. 이때, 대상은 단지 인간적인 존재에 국한되지 않는다. 즉자와 대자의 존재성은 동물이나 식물, 심지어 우리의 과거나 미래 등의 시간처럼 비인간적인 대상들 간에도 성립한다. 요컨대 즉자는 대자적 의식의 바깥에서 넘실대는 물질성으로 가득 찬 대상의 존재 양식이며, 그것의 비삼투성은 이곳의 자연에서 "즉자의 돌"로 나타난다.[18]

지붕 위에 올라가 죽은 자의 옷을 펄럭이며 그의 이름을 부르는 초혼은 돌아간 이를 죽음으로부터 돌아나오게 하는 행위다. 「즉자의 돌」에서도 마찬가지로, '우리'가 즉자를 부르는 것은 기억이라는 "잘못된 돌"로부터 즉자를 돌려세워 '우리'의 시간으로 오게 하기 위함이다. 신해욱에게 과거는 즉자가 아니다. 과거는 이후의 시간—현재와 미래가 과거의 구멍을 통과하면서 또 다

---

18. 사르트르는 즉자로서의 사물이 지니는 특성으로 비삼투성과 외재성을 말한 바 있다. 이것에 관해서는 그의 저서 『문학이란 무엇인가』를 참조할 것.

른 미래적인 시간으로 거듭난다.[19] 우리에게 '아직' 오지 않은 것, 혹은 여전히 경험하고 있지만 그 시간은 완전히 마무리될 수 없기에 여전히 열려 있는 미완의 상태로 진행 중인 대자적인 시간이 된다. "구르지 않는" 불가촉의 죽은 시간으로서의 과거는 신해욱의 목소리에 의해 구르는 시간으로 살아난다("구른다는 것. 굴러간다는 것. 끼어든다는 것. / 하나가 자루를 들었다.", 「끼어드는 글자 而」).[20]

한편, 이보다 한 박자 앞에서 읽은 시 「둔기로 얻어맞았을 리 없음」에서 우리는 '우리'가 나무 아래에 누워 나무를 올려다보며 "벌레가 갉아 먹은 잎사귀의 구멍" 속에서 시간의 겹침을 응시하는 것을 목격한 바 있다. 구멍을 올려다보자 구멍에서 "가지가지의 미래가 쏟아"지고 그들은 덮쳐오는 미래의 무게 아래에서 버둥거린다. 구멍은 나뭇잎에만 있지 않다. 구멍은 나무에도, '우리' 뼈에도, 심지어 매미의 울음 소리 안에도 편재한다("매미가 운다. 골다공. 골다공."). 식물과 동물, 곤충, 그리고 소리의 파동에까지 이르러 — 무한개의 구멍(n)들로 이루어진 자연은 수동과 능동의 상호 배반을 통해 약동한다. 할머니들의 바늘은 '미리'와 '아직' 사이의 구멍, 세계에 나 있는 소실점-구멍들을 통과하며 나중의 미래를 과거로 당겨온다. 이것이 바로 신해욱의 자연사가 기록되는 방식이다. 미래는 과거를 소생시키고 살아난 과거는 어긋난 한 박만큼 또다시 앞으로 나아가며 새로운 현재가 된다.

19. "나중의 시간을 끌어안고 지나온 궤적 위에 난 구멍을 통과하는 일, 박음질하는 시의 리듬 속에서 우리는 '이미' 도래했지만 동시에 '아직' 오지 않은 것으로서 과거를 경험한다." 전승민, 이 글의 5장, 162쪽.

20. 4부에 수록된 시 「끼어드는 글자 而」는 "즉자"가 신해욱의 '하나'에 의해 기억의 잘못된 돌로부터 돌아선 후 사물들 사이를 굴러가며 끼어드는 대자적 존재 "而"로 다시 태어나는 시다. '말을 잇다'의 뜻을 가진 한자 而(이)는 시 속에서 한 행만큼의 간격을 두고 텍스트 속을 굴러다닌다. 1연에서부터 3연까지를 하나의 구간으로 묶었을 때, 1행의 끝에서 나타나는 글자 '而'가 3행, 5행의 끝에서 반복 출현하며 끼어드는 모습을 볼 수 있다.

'나무'는 이처럼 '이중하는' 능동과 수동의 행위, 그로 말미암은 극한의 부정성을 말없이 체현하는 존재자다. "우리는 나무를 했지."라는 시의 고백은 나무가 보여주는 모순율을 직접 체현한다는 것, 다시 말해 "부동의 자세로 맹렬해지는" 경험 속에 있다는 말과도 같다. 5부의 「둔기로 얻어맞았을 리 없음」을 읽고 4부의 「즉자의 돌」로 돌아갔던 것처럼, 한 발 앞으로 돌아가 「행잉 게임」을 다시 읽으면, 고리를 만들어 서로의 목에 걸어주는 일 역시도 '나무하는' 행위라는 것을 알게 된다. 서로의 존재에 구멍을 만들어 걸어주는 일 말이다. '나'를 익명화한 '우리'의 박음질은 서로가 만든 그 구멍 사이로 이어진다. 이 지점에서 우리는 3부로 다시 돌아간다.

　　우리는 하나씩 고리를 만들어
　　목에 걸어보기로 했다.

　　(…)

　　고리를 만들면서. 볕을 쬐었을 거야. 평일이 있다. 평일이 있다. 식목일이 있다. 우리는 눈을 뜨고. 가지가 휜다. 저 나무야. 저 봐. 한눈을 팔면 마가 낀대. 해가 진다. 차츰차츰 거리를 좁혀오는 나무. 나무로서 저 나무가 아닌 나무. 살아 있는 나무. 저 봐.

　　(…)

　　저 나무야. 저 나무를 좀 봐.
　　　　　　　　　　　　　　　　　　　　　　ー「행잉 게임」부분

　절기의 이름으로 호명되지 않고 말없이 숨어 있던 여름도 바로 여기에 있다. 구멍난 잎사귀들은 울창하게 펄럭이고 나무에 붙은 매미들은 구멍을 노래한다. 자연의 전 존재를 떨게 하는 활력 징후는 "초록의 입체 음향"으로 여름의 시간 속에서 가열차게 울려 퍼진다. 여름은 '나'의 호명에 의해 죽은 과거의 기억으로부터 돌아나온 '즉자'가 대자적 존재로 변하는 계절이다. **녹색**은 즉자가 빠져나옴으로써 되살아나는 대자적 기억의 색이다("쑥물이 들어 있다. 기억을 덮을 수 있다. 기억은 쑥색이다. 즉자야.",「즉자의 돌」). 세계에서 시종일관 어긋나고 있는 '우리'의 색도 녹색이며("우리는 어긋나고 있다 / 착란의 녹색은 광선의 것",「크로마키 스크린」) '아홉'이 속죄하며 "도덕초"를 뜯는 "벌판"(「화생방」)도 녹색으로 푸르러진다("아홉 번 망친 벌판을 / 녹색의 피로 복구하고 있다",「크로마키 스크린」). 신해욱의 시는 세속의 대자적 의식으로부터 날아올라 즉자의 세계에서 '즉자'를 데리고 대자적 세계로 되돌아온다. 요동치는 신해욱의 녹색 자연에서 과거는 더는 즉자로서 죽어 있는 시간이 아니다. 사물의 즉자성을 끌어안는 대자적인 시의 의식은 세계와의 무매개적인 관계를 생성하며 '나'의 자기성을 타자들과의 그물망 안으로 용해시킨다. 그리하여 시의 '우리'―복수의 '나'들은 즉자인 동시에 대자적 존재로 내려앉는다.[21] '시적 주체'가 아닌 '시적 주체들'이기에 하나의 존재자로 특정 불가한 임의적이고 비규정인 실존인 신해욱의 존재자는 대상을 자아화하고 '나'의 것으로 물화하는 시의 전통적인 의식 작용을 거부한다. 그의 시가 그 자체로서의 사물과 사태의 혼돈인 즉자의 세계를 직시하며 대자로서의 복수적 타자성을 내면화할 때, 시의 의식은 자신을 대상과 구별되는 주체로 정립하지 않으며 여느 자연물들과 마찬가지로 대상-타자가 되는 메타적 의식 작용으로 나아간다. 이것이 초록의 여름, "자연

21. "극한의 수동성. 믿는 '나'의 행위를 신성시하게 될 일말의 위험을 피하기 위해 생을 가장 낮은 곳으로 끌어내린다. 신성한 것은 신성 그 자체가 유일할 뿐이다. 그 어떤 존재자나 감각도 창조자와 피조물 사이의 매개 혹은 경유지가 되어선 안 된다. 그러한 극한의 끌어내림이 만들어 내는 결과는 부정성의 신학이다." 전승민, 같은 글, 426쪽.

의 가장자리"에 선 신해욱이 그려 낸 거대한 "자연사"의 모습이자 그의 시가 스스로 공표하는 메타적인 모습이다. 신해욱의 메타는 '이것이 나의 시세계다'라고 천명하는 직접적인 선언을 통해서가 아니라 정확히 그 반대의 벡터, 자기 자신이 아닌 것들을 근원으로 삼아 자신의 자기됨이자 타자됨을 드러낸다.[22] 이것이 자연의 모순계 속에서 시가 도달하는 **열반(nirvana)**이다. 소생하는 녹색의 여름 속에서, 가장 높고 위태로웠던 '아홉'의 자리로부터 가장 낮은 자리인 '1'로 내려와 서로에 몸에 난 구멍을 박음질하는 할머니들은, 그러니까 벌판에서 거듭제곱의 날개를 퍼덕이는 천사는 피조물로서의 자신을 스스로 구원하는 메타시를 쓴다.

신해욱의 '나'들은 스스로를 탈-창조함으로써, 그러니까 창조된 것들을 창조되지 않은 것이 되게 함으로써 이 세계의 창조에 참여하고 그로 인해 "신은 부재의 형태로만 창조 속에 존재"[23]하게 된다. 무신론자의 신성은 절대자 유일신으로서의 시/시인이 아니라 재현 불가능성 그 자체로서의 신성, 불가침의 신성을 향한다. 이곳의 자연에서 유일한 즉자는 재현의 불가능성이며 시와 시를 쓰는 이의 의식은 모두 대자적인 것에 불과하다. 그의 자연은 일의적 세계관, 범신론의 세계다. 만물은 유전(流轉)하며 재현 불가능성을 내포한 모든 존재자들은 그로 인해 신성함을 품은 세속적인 자연물이 된다. 할머니들의 박음질과 '아홉'과 '하나' 사이에서 연주되는 헤미올라, '하나'만큼 영원히 어긋나는 평행선 사이를 춤추며 열반에 이르는 신해욱의 시는 그가 그간 쌓아 올린 시세계마저도 하나의 자연, 대자적 경험 세계로 만들면서 세계의 "자연사"를 쓴다.

형이하의 세계 속에서 형이상을 길어 올리는 그는 시가 무엇을 말하느냐가 아니라 어떻게 말하느냐를 통해 역으로 그 무엇, 재현 불가한 신성으로서의 사물과 자연에 무한히 접근할 수 있

---

22. "베드로가 그러하였듯이, 자기 자신을 근원으로 삼아 연유하는 것들로부터는 은총과 구원을 얻을 수 없다." 전승민, 같은 글, 429쪽.

23. 시몬 베유, 같은 책, 148쪽.

다고 (말하지 않음을 통해) 말한다. 의미의 심층에서 작동하는 은유나 알레고리의 매개를 거부하는 대신 오직 언어의 표면적 운동, 리듬을 통해 세계의 가장 거대한 변화를 일으키는 신해욱의 시는 시를 통해 시 아닌 것으로 변화한다. 이제 그의 시는 시인에 의해 창조된 것이 아니라 탈-창조되어 시 아닌 것으로 거듭난다. 시가 창조자로서의 신적 지위를 거부하며 세속의 자연으로 날아오를 때 시는 역설적으로 더 높은 곳을 향해 하강한다. 시는 자신이 이전에 던졌던 질문—"맹목의 질료들을 있는 그대로 구원하는 일에는 어떻게 일조해야 합니까"(「클론」, 『무족영원』)에 이렇게 답한다. 자기 자신을 태울 것, "자연사의 가장자리"를 돌고 돌아 "열외의 가로수 / 가로수로서의 상록수"(「투어」)를 행할 것—나무가 행하는 극단의 수동성을 행하라고 말이다. 신해욱의 자연 속에서 한 그루의 나무가 되는 우리에게는 이제, 그 어디에서도 보지 못한 거대한 아름다움만이 남는다.

타라고 했다

누가 나를 태우라고 했다 다시

다시 태우라고 했다

(…)

내리라고 했다
내려놓으라고 했다
누가 나를
누가 나를
그러자 나는 자루를 쥐고 있다
밀려나고 있다
열외의 가로수

가로수로서의 상록수
상록수의 그림자는 길다

―「투어」 부분

전승민(문학평론가)

지은이 신해욱

1998년 《세계일보》 신춘문예를 통해 작품활동을 시작했다.
시집 『간결한 배치』 『생물성』 『syzygy』 『무족영원』, 소설 『해몽전파사』,
산문집 『비성년열전』 『일인용 책』 『창밖을 본다』 등을 냈다.

자연의 가장자리와 자연사

초판 1쇄 발행   2024년 8월 1일

지은이   신해욱

발행인   박지홍
발행처   봄날의책
등록   제311-2012-000076호(2012년 12월 26일)
주소   서울 종로구 창덕궁4길 4-1, 401호
전화   070-4090-2193
전자우편   springdaysbook@gmail.com

편집   박지홍 남지은
디자인   전용완
인쇄·제책   세걸음

ISBN 979-11-92884-36-3 03810

이 책은 서울특별시, 서울문화재단 '2022년 창작집 발간 지원사업'의
지원을 받아 발간되었습니다.

표지 그림은 한진 작가의 〈Tone Roads Op. 1〉(Pencil on Cotton Paper,
57×76cm, 2016)입니다.